我们
说好不分手

愿有岁月可回首，
且以深情共白头

Forever Together

心语如兰 作品

民主与建设出版社

图书在版编目（CIP）数据

我们说好不分手 / 心语如兰著. -- 北京：民主与

建设出版社, 2015.7

ISBN 978-7-5139-0703-3

Ⅰ. ①我… Ⅱ. ①心… Ⅲ. ①长篇小说—中国—当代

Ⅳ. ①I247.5

中国版本图书馆CIP数据核字(2015)第174702号

出　版　人：许久文

责任编辑：李保华

整体设计：曹　敏

出版发行：民主与建设出版社有限责任公司

电　　话：(010)59419778　　59417745

社　　址：北京市朝阳区阜通东大街融科望京中心B座601室

邮　　编：100102

印　　刷：北京彩虹伟业印刷有限公司

版　　次：2016年1月第1版　2016年1月第1次印刷

开　　本：32

印　　张：8.5

书　　号：ISBN 978-7-5139-0703-3

定　　价：32.80元

注：如有印、装质量问题，请与出版社联系。

目 录

contents

我们说好的不分手

contents

愿有青春可奔赴，也有岁月可回首

我们都会承诺在一起

contents

你说的爱，反反复复不确定

念念不忘的风情网事

contents

爱情的魔怔时代

写在前面的话

每个爱情故事都应该有个温暖的结局

很长时间以来，我都习惯在周末抽点时间去书店，选几本喜欢的杂志回来，然后在最短的时间内把杂志浏览一遍。

家里的杂志越堆越多，我也一直改不了看书囫囵吞枣的习惯。一本杂志看下来，能记住的往往只是某个情节，或仅仅是某几句话。

这个周末，信手翻阅一本杂志时，看到了这么一句话：每个爱情故事，都应该有个温暖的结局，有的用来疗伤，而有的是用来一爱再爱的。

多么美丽的句子！我一下子记住了它，也不由想起了感动过我的一些爱情故事。

有个女人多年以来狂热地追求着一个她爱的男人，那个男人享受着她的爱，却还是不爱她。后来男人结婚了，新娘也不是她。

女人后来黯然出嫁，她听从人们的劝告，嫁给了一直以来默默爱着她的另一个男人。

婚后女人受到爱人的百般宠爱，她的心渐渐向他靠拢。

她坦白地说：不错，我是先结婚后恋爱的，现在我相信我是爱他的……

另一个故事里，男人黑丑且矮，一口大黄牙，家境也不好，所以一直没有结婚，整年缩在一个巷子口修鞋。

四十多岁的时候有人给他介绍了一个年轻漂亮的女人。独居多年的男人视女人为掌上明珠，尽其所能地对女人好。他并不知道，她其实是被人"放鹰"到他这儿的。

到寒冬季节时男人得了重病，他以为自己活不成了，叫过女人说：你跟我的这一年委屈你了。我也没啥本事，只在山上给你种了五百棵树，要是我死了，那些树长成后卖了，能支撑你过些日子。

女人的心震撼着，她说自己长了这么大，除了频频被利用，还从来没有人考虑过她的以后。

准备飞走的女人最终留了下来，后来一直陪在男人身边，并且开始学修鞋的手艺。这样，当男人干不动时她就可以养家了……

还有一个故事。一个温顺的女孩，长大后在媒人巧舌如簧的蛊惑中，错嫁给了外乡的一个"青皮"。

婚后青皮总是出去惹事，很少安分地待在家里，也从来都没有表现过对她的稀罕。女人的婆婆又特别难缠，她整天辛苦操劳也得不到一句好话。女人对那样的日子渐渐绝望。

一次，青皮从外面回来，撞到他母亲正在恶毒地责骂女人。看到他露出凶神恶煞的样子，女人逆来顺受地闭上了眼睛。因为她想凭他的脾气，一顿臭揍是少不了的。

可是很意外地，青皮冲母亲发起了火："这是我娶的媳妇，我自己都没打过骂过，你凭什么那么对她？你做得比她好吗？谁再这样欺负她，我绝不客气！"

受过那么多责难女人都没有哭，青皮几句发狠的话倒让她流出了眼泪。

晚上，青皮说话很冲地问她："你受了委屈为什么不跟我说？"

女人说："我既然跟了你，就是要跟你过日子的，不是让你为我出头、为我出气的。"

结果，青皮从此不再青皮；而女人，从此也成了一个幸福的女人。

最后这个故事不是杂志上看来的，是真实发生的。

她的姐姐当年找了个能说会道的男人，结果那男人是绣花枕头中看不中用，除了卖卖嘴皮子一无是处，整天游手好闲，挥霍光阴。自从姐姐生了小孩，家里更是连日常花销都接济不上，总得娘家人贴补惦记。

他们一家都恨透了那个不负责任的男人。母亲发誓在她找对

象的时候一定要替她把好关，找个实实在在的人家，稳稳妥妥地
过日子。

　　而他正是母亲中意的女婿，对老人孝顺，从来不惹他们生气；
为人善良，事事不与人争；话不多，只知道干活；挣到钱如数上
交，没有一点花花肠子。

　　母亲十分看好他，要她把婚事订下来，可她总是找各种借口推
辞着，心里一百个不乐意。

　　他不是她喜欢的类型，他的好在她眼里一文不名。他不懂一点
生活情趣，老实木讷，吃亏上当也不说人一个"坏"字，那样的人
太过窝囊，和他过一辈子是要怄死人的。

　　历经世事的母亲说她太过心高气傲，而生活是实在的，容不得
一点浮夸，要她不要这么早下结论，想一段时间后再做决定。

　　不久后，一场意外几乎要了她的命。她遭遇了车祸，全身多处
粉碎性骨折，脾脏破裂；在医院抢救了很久才醒过来。

　　后来经过漫长的恢复期，她的腿还是落下了毛病，走路稍微一
快就会跛，成了明显的残疾。

　　出院当天，面对街边众人异样的眼光，她几乎要疯掉了。她还
年轻，还没有来得及好好享受生活，就这么被生活抛弃了。

　　他一直陪着她，其实从她入院那天起，就是他在全力照顾她。
如今看到她抓狂的样子，他说她没有被生活抛弃，至少他会要她，
会和她结婚。

　　她问为什么，"难道你看不出来我不喜欢你吗？"

他说，"可是我喜欢你，一直都喜欢，再说你现在也需要我。"

"你是什么人啊？知道我需要你？"她心情不好，说话也特别刻薄。其实，是她对他有愧疚，她不想这时接受他的感情。

"我是37℃男人啊！"他认真地一字一句地说道，"37℃男人，顾名思义，温度刚刚好，倘若低一度，36℃，就太过理性和冷漠了；高一度呢，38℃，又过于热情和轻浮；37℃虽然平平淡淡，但是最让人温暖舒心。"

说完，他还幽了一默："当然，你是37℃女人嘛，我们是绝配，谁离了谁都过不好。"

她的眼泪落了下来，趴在他并不宽厚的肩膀上痛哭了一场。

他们结婚了。婚后为了她方便做事，他辞了职。两人在小区内开了个便利店，由于童叟无欺，生意蛮好。

后来奇迹般地，她的腿，居然完全康复了！

"你啊，娶了这么个漂亮能干的媳妇，真是赚到了！"总有人和他开玩笑。

"你们都说错了，我跟他啊，是我赚了！"她总是接口这样说。而他呢，总是在一边忙忙活活地理着货，笑着不说话。

……

我看到听到过很多这样那样的爱情故事，我也写了很多这样那样的爱情故事，以前一直认为，只有悲剧的爱情才是深刻的，才是引人沉思的，现在我改变了想法。我也希望：每个爱情故事都能有个温暖的结局！

我们说好的不分手

我们要把人生看成一场旅行，一起走完人生这一程。

美丽的相逢后我选择和你错过

她喜欢独自外出旅行，虽然所到之地往往"看景不如听景"，她却依然如故。那种徜徉在山山水水间、彻底放松的心情体验，让她那般地痴迷。

"要么旅行，要么读书，身体和心灵，总有一个在路上。"她转了这样一句话，作为自己的签名。

一直以来，她的旅行都是纯粹的。她不喜欢迁就，更不喜欢制造旅途中的各色艳遇，觉得那不仅是对信任她支持她的男朋友的辜负，更是对旅行意义的严重亵渎。

她就是自己，就该是这么一个坦荡地行进在风景中的女子，从来都是只留心看景，不注意看人。却不料，她竟在不经意间对上了他的眼睛。

她是在一个新开发的小景点上遇到那个男子的。那个景点里有个澄澈的湖泊，两岸都是山。早上刚刚下过很大的雨，窄窄的栈道上有些滑，大家都小心翼翼地排着队依次行走，他就走在她的前面。

在不多的游客中，他是很醒目的，瘦瘦高高的，背着一个很大的包。她想，他应该也是一个喜欢旅行的人吧。

走过漫长的栈道后，人们都不约而同地到湖边的一个亭子里歇息。她和他是挨着坐的。

他是个摄影控，不时地选景拍照，还小心地不碰到两侧坐着的人。

湖面很平静，她也很平静。她拿出带的肉松饼慢慢地吃，安然地看着岸边的树木映在湖中的倒影。

吃过之后，她习惯地把包装袋收好，投到亭子外的垃圾箱里去。而另外的一些人中，有几个就没有这么自觉了。他们一直吵着说话，根本不顾及别人的感受，还把擦凳子的手纸和食品袋等随地乱扔。亭子里顿时一片狼藉。

"除了照片，什么也不要带走；除了脚印，什么也不要留下。"他似在自言自语，声音却足可以让亭子里的人都听见。

那几个人不知道是不是觉得伤了面子，虽然没有说什么，却跟没听见一样，该干吗干吗，甚至比之前更甚。

她替他们，也替他尴尬，遂找出一个空袋子，不声不响地收拾起来。他也过来搭把手帮着捡，亭子里很快又变得干净如初了。

他们坐回原地，彼此之间只字未谈。

后来，人一个一个都离开了。不知道什么时候，亭子里只剩下他们两个。

他鼓捣着相机，继续取景拍照。后来，他可能是觉得背着的包太碍事，就把包取了下来，在放到两人中间的位置上时，不小心碰到了她。

她下意识地转过身来，正好看清了他的面容：略有些发黑的皮肤，薄薄的单眼皮，脸上有些许青春痘，嘴唇的线条倒是很好看，甚至可以说很性感。

发现她在注意地看自己，他笑着把脸凑过来，说："欢迎免费参观。"

他的笑容，蓦地在那一刻袭击了她。

她不知道是不是真有人一笑倾国再笑倾城，她只知道，他的笑，陡然间对她产生了致命的杀伤力。

但那样的感觉持续了不到十秒，她没有让自己想下去，认真地对他说："参观完毕，万分谢谢！"

两人同时大笑起来。

之后，他们在亭子里坐了很长时间，静静地，倾听着岸边树上的水滴落到湖里的声音。

之后的景区道路，他们是一起走过的。一路走来一路聊，俩人开心得就像熟知的朋友。

俩人同时惊奇地发现，在对很多事物的认知上，他们都惊人地一致。

"相见恨晚哪！"他停下来，开玩笑般地和她握手。

"我也有同感。"她蛮认真地回应。

然后又是一场大笑。

临近傍晚时，他们又一起乘车到了长途汽车站。

"我往南，你呢？"她要回家了。旅行的感觉很好，可再好的旅行也有归途。

"往北。"他最后一次轻轻抱了她一下。

他们各自排队，站在不同的购票窗口，她用眼睛的余光就可以看到他。可是，她没有再看。

中午一起吃饭时，他拿出的水杯外面有一张精心粘着保护膜的大头贴。那上面，他和一个女孩头抵着头，笑得灿若群星。

她知道他也能轻易地看到自己，可是，他也没有再看过来。

就在不久前，他们一起携手走出景区的时候，她的男朋友打来电话，嘱咐她出门在外一定要照顾好自己。

她和他只是旅伴，只是偶尔遇上时同行一程的人。旅程结束后，她们是要回到各自的生活中去的。这次旅程很美，但美在距离。

一个驴友告诉她，他曾在一个乡间的树林里，发现前面一面墙上书着醒目的四个大字——"阳光不锈"！他爱死了这样的诗意，可他热血沸腾冲过去时，才发现被树丛遮住的那部分墙上，还有四个字——"钢制品厂"……

其实她和他喜欢上彼此的，都只是乍一看到"阳光不锈"的瞬间和片面，不一定非要揭开包括"钢制品厂"的全部。

旅途对她，只要有份心动的传说就够了，可生活如此实在，仅有心动是不够的。他们早已过了任性的年龄，很清楚再发展下去，也许就到了难以驾驭的地步。他明白，她也懂。于是，他们选择在感觉最美的时候分手。

那天之后，他们会时不时地收到来自对方的问候信息，但都仅限于在各自不同的旅途中，用手机选一张景区中最精华的图片发给对方。

除此之外，他们再没有过多联系。他们甚至不知道彼此的名字。

今年五一，她结婚了。婚后有一天，她的老公，也就是她当初的男朋友，和她一起在电脑前整理放得乱七八糟的旅行照片。在翻到那个小景点的一张图片时，她看到了他。

在那张别人帮她拍的照片边上，他正举着相机在拍什么风景。在那张照片里，他只是她的背景一角，而那时，他们还不认识。其实，之后他们也不认识。

"这景点好玩吗？"老公问。

"嗯。"她应着，把那张照片轻轻地掀了过去。那个有着干净笑容的男子，被她轻轻放过了。

我喜欢这样的人。

他们活得真实、坦然，不矫情，知道自己能要什么、不能要什么。就像她和他的那段相遇，虽然两人曾经美丽地萍水相逢，可之后却又选择错过对方。因为唯有如此，才能让那段旅程保留一份最美的回忆。

我成全了你的碧海蓝天

我在这里说的，是我的闺中好友芸的故事。

芸前年和经商暴富有了外遇的丈夫离了婚，拿到了数目相当多的一笔钱，算是一个有钱的单身女人。她带女儿一起生活。

离婚后的芸很快有了追求者，那个人叫建，和芸一个单位，但不在一个科室。建也是单身，老婆几年前因病死亡，有一个儿子在读私立高中。

建长得倒是一表人才，就是有点花心，芸说以前在单位总是听到建的桃色新闻传出。

应该说，建对勾引女人还是很有一套的，自视清高的芸很快跌入了他的网中。那些日子芸很快乐。

突然有一天，芸告诉我，她和建分手了。

芸说，建从来就没想过要和她结婚，他是为了她的钱，当然，也是为了得到肉体上的满足。

我问芸，为什么这时才知道？

芸说，她本以为自己找到爱情了，人嘛，总是身在事中迷，她和建交往的半年时间里，建以各种理由从她那里至少拿走了两万块钱。芸不是个把钱看得太重的人，只是她一提到结婚的事，建总是顾左右而言他。自始至终，建从来没有给过她什么许诺，尤其不能容忍的是，建和她在一起除了要钱，就是为了上床做爱，遇上她来例假或是身体不适，建总是迅速找借口溜掉，一句话也不想多说……

我无言以对，以感情为生命的芸一直在努力寻找自己的归宿，没想到会是这样的结局。

芸再一次进入了感情的低谷，她为自己悲哀。她说，没有感情的男女之事是令人憎恶的，没想到自己竟成了这种无聊之事的主角。

我很为芸担心，因为我听说过建是个心胸狭隘的奸诈之人，睚眦必报。芸提出和他分手，他会不会报复芸呢？芸也很忧虑。

有一天，我和芸在她家里正说着话，门铃响了，进来一个陌生的男子，瘦瘦高高的。

来人问："谁是芸？"

芸应声说："我是。"

那人说："我来是告诉你一声，最好让你女儿转个学校，你不是有钱吗，转得越远越好。"

我和芸对望了一下，不好，一定有什么事！

芸的脸白了，问："能说得明白些吗？"

他扫了芸一眼："你得罪了人，有人出钱让我祸害了你女儿，我不干，可是不见得别的人不会干。"

"你是森！"

来人没有回答，转身走了。

这就是我目睹的芸和森的第一次相见。

你也许会奇怪我们怎么能叫出他的名字吧，其实在我们这个小城，他也算是一个小有名气的人物，但他和我们不属于一个世界。他是黑道的，他的名气也和他的黑道做派有关。

传说中，他是一个"刀客"，拿人钱财、替人消灾的那种人，只是他有他的原则，很有侠士风范。不过，说到底，人们对他这样的黑道人物都是又恨又怕，敬而远之的。据说，森到现在还没有成家。

芸很快替女儿转了学。后来我们听老师说，转学后接连几天总有人在校门口打听芸的女儿。好险啊！那个恶毒的建！

为了感谢森，芸托人请他吃饭，请了好几次，他都没去。

芸过意不去，就拉我一起到森家去找他。

森的家在城乡结合部的一个小巷里，一个很普通的院落。听说他父亲早逝，有个为人老实的哥哥成家后另过了，现在他和母亲住在一起。

我们去的时候森不在家，她的母亲很惶恐地看着我们，直问森怎么了，她以为森犯了什么事。

我和芸赶紧解释，说是来感谢森的。老人听懂后，嘟囔着说：

"没事就好，唉，老大不小了，也不干一点正经事。"

芸当时就接口说："我在菜市场那儿有一个小门面，正缺人手，让森给我帮忙吧。"

我听了一愣。

当初芸不想让自己失去婚姻得到的那一点钱坐吃山空，投资了一个小门面，批发调味品的，雇了两个人帮忙。芸每天下班后都要去店里，很是辛苦，她弟弟几次要去帮忙，芸都没让，因此把弟媳妇都给得罪了。

芸说，弟弟要真有事用钱，给他一些可以，就是不能让他沾生意的边儿，他一旦沾上，本钱也会没了。她太了解自己的弟弟了。

但是，她信森，虽然只有一面之交。

没想到森真的来店里帮忙了。

森没有辜负芸的信任，兢兢业业地打理着那个小店，像对自己的生意一样上心。而芸因女儿在外上学，只在月底回来，下班后也开始越来越多地到店里去。店里的生意一天天红火起来。

芸似乎又恋爱了，苗条白皙的芸打扮起来倒也真是别有一种风韵的；而那个敢冲敢打的森，眼中也开始闪烁出柔情。

我问芸："你和森是不是……？"

芸说："我比森大，我当他是弟弟。"

感情上的事有时是说不明白的。

应该说，森的冷傲、森的霸气、森的江湖义气是很吸引女人的。

他的身边并不缺女人，应该说，并不缺女孩，因为她们和芸相比都是年轻的，但是森被芸感动了。

他们想要在一起了。

可芸有忧虑。她对追随在森身边的女孩倒不是太在意，但是，她忧虑那些来找森的他以前的哥们儿，她不想让森再被毁了，森应该过一种正常人的生活，而不是靠拳头过日子。

而且，如果她和森在一起，若是事情传出去，对森将是一种更大的伤害。要是有人说森是吃软饭的小白脸，那会要了他的命！

正好，芸的姐姐姐夫在云南销地毯，生意不错，想扩大发展，要芸帮忙。芸向他们介绍了森，并迅速把小店盘了出去，给了森十万元，要他过去入股。

芸对森说："你以后会有自己的店面，你也不小了，挣到钱，找个好女孩成个家。这些钱，算是我提前给你们的礼钱吧。"

那一刻，森的眼泪都要掉下来了。

森去了云南。

芸很落寞。

她告诉我，她不想让森走，但是年轻的森该有更好的未来，她不后悔。

森后来给芸来过一个电话，说那边的生意很好，他已经自己拉开单干了，他还处了一个女朋友，是以前在芸姐姐店里认识的，云南当地人，一个很内向但很善良的女孩。

最后他说，谢谢芸。

芸跟我说起这些的时候，有些伤感。她说，其实她也得谢谢森，因为他也给过她美好的回忆。

我想，这也是爱情，这种爱情，就叫作成全吧。

芸做得对，真的，有的时候爱上一个人，并不代表要拥有他。如果放弃能够成全所爱的人，那就放手吧。放手，不是所有人都可以做到的，它是一种深爱，更是一种境界。

放手，其实是生命中的收获，亦是另一种成全！

适时修剪毫无结果的爱情

在市广播电台组织的单身派对上，她认识了一个有着壮实身材却长着小眼睛的男人。他改变了她之后很长一段时间的生活。

他叫陈峻。在当晚的帅哥群里，他丑得那样醒目，她几乎是带着戏谑的眼光看着他凑到跟前来的。他嘻嘻笑着，盯着她的眼睛，一字一顿地冲她说了五个字：特立独行的猪。

也许就是从那一刻起，她开始留意他。

因为那年流行黑白猪，她带的各种饰物上全是那样的卡通图案。

而那一年，王小波的书开始成为热点，她看的第一篇就是《一只特立独行的猪》。

这个叫陈峻的绝对算不上俊，但她觉得他戏谑的语言里，有着难以遮盖的知识魅力，这是那些绣花枕头们给不了她的感觉。于是再看陈峻时，她就觉得他好看多了。

而陈峻无疑也是喜欢她的，他说他是冲着找恋爱对象来的，可恋爱绝不等同于滥爱，他称她是那晚美女海洋里的深海珍珠。

在她当时那个年龄，没有女孩子是不虚荣的，他的话让她很受用。

而她是公认的美女，在趋之若鹜的追随者中，独独对陈峻另眼相看。这也让他觉得很有面子。

两心相倾，他们当晚就开始了约会。

陈峻说他喜欢的是她的不拘小节、我行我素，他说和她在一起没有压力、没有负担，让他很放松、很开心。他给她短信时，总是称呼她"亲爱的减压阀"，她对此很是沾沾自喜。

从他们认识的那天起，她就一直在给陈峻绝对的自由，她从不过问他的事，不想让他感觉到麻烦。因为那时那地，她觉得那样对他，就是维护他们可遇不可求的爱情。

他们之间的关系进展得很快。在她决定带陈峻回家和父母见面时，同事向莉悄悄告诉她说，其实陈峻是有女朋友的，两人在一起都好几年了，虽然前些日子闹过些小矛盾，可都很快过去了，现在两人还保持着亲密的联系。

说到"亲密"二字时，向莉很是强调了一下，而且欲言又止。

这些话对她来说犹如晴天霹雳。从向莉的表情中，她清楚地悟出了"亲密"二字意味着什么。

向莉从来不是搬弄是非的人。她男朋友又恰好和陈峻住在同一个小区同一个单元同一楼层里，她一定知道些什么，所以才好心地想要提醒一下。

她对此无论如何也不能接受。

可后来，在她能够冷静之后，她回想起她和陈峻交往以来他的明显异常。

她想起和陈峻约会时，他极少让她去他那里，即使偶尔去一次，也是心急火燎地催着她离开，好像什么人会随时回来，而他不愿让她遇上一样。

她想起他们在一起时，他接到一些电话后的支支吾吾。

她想起有一次遇上陈峻的同事，那人大老远地打招呼："小两口这是去哪儿啊？"等那人走近看清她时，他的表情很错愕。

她想起这么久以来，他从来没有带她走近他的圈子……

她不敢再想下去。

即使回想起的这些，已足以让她手脚冰凉。

她执拗地想要知道事情的真相，于是口气坚决地打电话给陈峻，说自己在他楼下等他，他不回来她不走。

陈峻很不情愿地赶了回来，磨蹭着打开了房门。

卫生间里，赫然晾晒着女人的内衣。

她什么都想到了，却没想到陈峻承认得那么干脆。

他说那是他女朋友的，他们又合好了。

他还说自己并没有欺骗她，在他去报名参加单身派对那会儿，他和女朋友是说好要分手的，因为他受不了她的约束。

可是后来，她又找了回来承认了自己的狭隘，而且保证会改，于是他原谅了她。

"那我呢？我是你的什么？"她的思绪乱极了，她不能为自己定位。

"你也是我的女朋友啊。"陈峻说得很平静，波澜不惊。

"你究竟有几个女朋友？！"她又急又气，甚至有些委屈地掉下了眼泪。

"只有你们两个啊。我们处得不是一直很好吗，你和她，井水不犯河水的，她知道你，可她也没找我闹过啊，我以为，你也会不介意……"陈峻说得轻描淡写，"看你平常满不在乎的样子，我以为你跟她们不一样呢。"

什么？！

她不知道陈峻在说什么，从他嘴里说出来的话，显得那么陌生。

"现在谁还动辄谈婚论嫁啊，咱们都还年轻，多处些日子，多了解了解不好吗？相互比较一下再做决定，也是对以后的婚姻负责任啊！"陈峻已经不耐烦了，"你要是觉得吃亏，也可以同时再处一个，我绝对没意见，真的。"

见过无耻的人，没见过这么无耻的人！

她气得浑身哆嗦，扭头就走。

　　她绝不会和这样的人继续下去，她要和他一刀两断！

　　此后很长一段时间，她都在耻辱和羞愤中度过。她觉得自己是那样失败！陈峻使她的骄傲受到了严重打击，她开始反思自己的言行举止。

　　终于有一天，她在公园里漫无目的地转着，看到园丁在修剪绿化带里的金叶女贞时，她才发现，也许是她给了陈峻一种错觉吧。

　　记得那次在公园玩时，她指着那些女贞说："整整齐齐地太死板了，看这新发出来的几枝，旁逸斜出的，造型多别致。"

　　当时的她，那么讨厌循规蹈矩的东西，她以为按照规矩行事，就是在受压抑，就不利于个性的发展。然而她却忘记了，如果这世上每个人都这样追求个性的无原则解放，就会像这未经修剪的女贞一样，乱糟糟地生长，最终会变得杂乱无章，影响到整个绿化带的美感。

　　那天她跟着园丁看了很长时间，眼见得在他的修剪下，绿化带一点点地恢复了明朗的绿化造型。

　　"真好看。"她由衷地赞誉着。

　　"该修剪了就得修剪，要不然不成样子。"园丁笑道。

　　是啊，一旦没有了秩序，这世界就会变成另外一个模样，那个模样肯定不是人们希望看到的。

　　金叶女贞需要修剪，那么对于人出格的感情，这些空洞的毫无结果的爱情，是不是也应该适时修剪呢？

我说的那些喜欢你不必信

"孤单是一个人的狂欢，狂欢是一群人的孤单。"

这句话不知道是谁原创的，像她记性这么差的人能够看一遍就记住，你就知道这句话多么贴近她的心灵了。

是，她现在唯一清楚的感觉，就是孤单。

这种感觉，她甚至无法对最亲密的朋友说起。一个刚过而立之年风韵犹存又不甘寂寞的女子，生活无疑是热闹的。她身边也总是围绕着很多人，不管是现实中还是网络里。

可她最本真的心情，却在夜深人静之时，如饮水般冷暖自知。她体会到的那种孤单竟是无以排遣、深入骨髓的。

虽已立秋，但天气着实还不算冷。但这样的时节里，她就已经瑟缩着，急着寻找贴心的温暖。

她直觉自己老了。也是，从生理学角度来讲，人一过三十，某些生理机能就已呈下降趋势，只是在她身上更明显罢了。

她衰老的第一表现，就是开始变得很健忘很健忘。尤其是最近，每次她一上线，就有很多人和她亲热地打招呼，叫着为她起的各种昵称，而她却总是怔怔的，感觉面对的是那么陌生的人群。

她惶恐地也向他们问好，带着些礼貌性的矜持。于是总会有人很不屑地"切"她：切！装什么装啊，几天不见就不认识了啊？

可是，自己真的认识他吗？她努力地想了又想，可是，她真的想不起来了！

那边已经急了：你还说过喜欢我呢！

噢，真的吗？她怎么会忘了呢？她真的喜欢过那么陌生的人吗？

她的沉默和迟疑似乎让对方受了侮辱，对方对她言辞不客气起来。于是，在一片声讨追杀声中，她被迫下线了。

线下的孤单更加让人难以容忍，于是她又上线了。

可当她再次上线时，类似的情形还会继续上演，只是屏幕那一端好像约准了似的在换人，每个人初见她时的兴奋，和最后逼得她狼狈离开的气急败坏，对比是那样鲜明。

她惶惑了，难道自己真是一个水性杨花的女人吗？为什么，她居然连更换的对象是谁都不记得了？

她忘了很多人，忘了很多事，到最后，似乎只记得她自己。

她只记得自己上网前的彷徨和忧伤、抑郁和苦闷。她的那些负面情绪在现实生活中找不到突破口，她觉得自己将要窒息而亡，急着需要透透气，所以她才上线的。

她开始学会隐身了。隐身之后，她的世界似乎清静了许多，她开始有时间去想一些事情。想不明白的时候，她就四处乱逛，哪儿热闹就到哪儿去。网上的热闹总是很多，于是她整天泡在线上。那些天网上关于自杀的新闻很多，她甚至觉出一些诱导的信息了。

她可不想这么下去。她是一个特别自我的人，这一点她一直清醒地知道。她想，如果她的状态没有改变，她就得自毁自灭了。生活于她虽然不那么美好，可也不足以让她自我摒弃。

现在的人大都如她那般自私，这是一个崇尚自我的时代。她自己的生与死、心情的好与坏，与别人都是没有任何关系的。每个人关心的，其实都只是他自己。也只有和自己有关的人或事，他才能略微在意一些。

于是，在那么漫无边际的网络里，她对一个又一个陌生的男人说着喜欢。

于是，他们兴奋了。每个男人的兴奋都是一样的。其实人没有理由不兴奋于别人说的喜欢。

于是，她的目的达到了。他们开始在意她的心情，她成了他们愿意付出一点点同情心的对象。

可是，他们的关心那么有限，有限得只和他们听到她说喜欢的兴奋时间持平。他们不再泛泛地谈天说地对她劝导，总是很快有意无意地把话题扯到床上，这让她倦怠。

每当她以沉默表示反感的时候，他们就说无非是个玩笑何必那么认真呢？

是啊，也许他们在开玩笑。可是这样的玩笑太层出不穷了，每个男人都表现得那么急不可耐，也俗不可耐，他们问：你不是说喜欢我吗？

哦，她是说过。可是既然床上的事都能玩笑，那感情也是一样的吧。难道他们真的不明白吗？她说的喜欢，他们根本就不必信！

网络中的感情游戏，淋漓尽致地展现了这世上所有欺骗的种类：欺人，人欺，自欺欺人……

是游戏就有结束的时候，当对这一场场无聊的游戏厌烦，觉得这一切并不能救赎她消沉的灵魂时，她选择了遗忘。

是的，她忘了，她想要忘，于是就真的忘了。当她决定忘了的时候，任何提醒都是无济于事的，她不再记得他们，不再记得那些轻易就说出口的喜欢。

她也情愿忘了自己，忘了自己所有的荒谬行径。

对于那些愿者上钩的男人，她是不说对不起的。她和他们之间，根本就不存在什么对得起对不起的问题。

他们本就不该相信她说的喜欢；她也根本就不该相信对他们说喜欢后，他们会真的喜欢她。

这样想的时候，她的心里难免有些悲凉。

"这世上的事，从来都是公平的。"有个男子在平静地听完她混乱的诉说后，很无所谓地这样说道。

她茅塞顿开，觉得此话极对。付出和得到虽然不完全成正比，但总能维持一种微妙的平衡。

她和那个男子曾经在网上有过很长时间的交流。那是个落魄且清高的作家，时不时地写出些直击心灵的文字。她从不看轻他，却也没有看重他。他心里什么都明白，于是她找他，他就和她聊；她不找他，他也不联系她。在他们两个之间，倒是他一直占着主动。

他的无所谓倒让她有些不甘了。她幽怨地说道："我也说过喜欢你的，难道你就没有一点动心？……"

"你喜欢的只是我的文章。"男子淡淡地笑道。

她哑然了。的确，她从来没有多喜欢他的人。她喜欢的，也许只是自己看到他的一些文字时，某一刻的归属感……

网络已经深入我们的生活，它就像一条大河，那些漫无边际者就是这条河里的浮萍，有时被风推着走，有时被水推着走，有时被其他浮萍挤着走。

总之，总在走，永远漫无边际。

上网的人，大多在寻找一定的寄托，这些寄托，难免会让自己带着一定的感情，对很多东西说"喜欢"。

但此喜欢，非彼喜欢。我们可以迷恋，但不要沉沦。

爱你的一切理由终究成风

不知道是哪一天，她看到一本书里有这么一句话：已婚的男人女人，其实内心都有外遇情结。

她原本是一个循规蹈矩的人，生活波澜不惊，之前也没觉得有什么不好，但从她看到那句话起，突然受到触动，心绪有了很大的变化。她反复琢磨，觉得竟也不无道理。

　　对人来说，一天天一月月一年年地过下来，没有变数的平静生活、日益寡淡的感情、周而复始的作息规律、周遭没有任何新意的人和事，以及那些让人疲惫的恩恩怨怨是是非非，难免使豪情壮志渐次消逝，激情逐年磨灭。当婚姻一年年持久，当生活中再也找不到心动的感觉，外遇，应运而生。这似乎成了一种大众需求。

　　说到外遇，她突然想到了他。

　　其实他们已经认识很久了，但之前的那些年，大家都在各自的生活轨道里，以平行线的形式并列着行走。她觉得自己和他的生活根本没有交集的可能，因为她和他没有擦出火花的理由。

　　直到有一年，她被一些事困扰，为找不到解脱的方法深深苦恼时，她才开始和他联系得多了起来。

　　最初她只是想找个人说说话，排解一下内心的烦闷。而她愿意和他说仅仅因为她感觉他是个很好的聆听者。

　　的确，无论她说得多么琐碎零乱、语无伦次，他都没有打断过她，没有不耐烦过。而且，他能够站在一种很冷静很理性的高度，替她分析，给她出主意，劝慰她，甚至，关心她。

　　这让她感动。她改变了以往对他不冷不热的态度，开始主动热情起来。

　　她拒绝了一些事后诸葛亮者的交流要求。在她最困难的日子里他们都没有及时出现，现在她已经不再需要他们的事后关怀了。

　　是的，有时希望某个人出现就像需要一顶降落伞，如果他第一时间不在现场，就可能永远没有需要他出现的机会了。

　　对她来说就是这样，在她不堪回首的时间里没有给过她关怀的人，在她走出阴霾的时候，洒在她身上的阳光再明媚，和他也是没有关系的。从她走出来的那一刻起她就已经决定，和过去的一些人和事彻底告别。

　　她转身之后，第一时间又看到了他。她开始留意他，虽然他和她已经有了很长时间的接触，却仍然像是两个世界的人。

　　她太感性，而他太理性，她觉得他的性格和思维方式，和她是种很好的互补。他属于那种能和各种人打交道，能适合各种环境的复合型人才，而她单调的工作性质决定了她只是个超然物外的学者。她开始喜欢他的丰富和应变。

　　是的，喜欢。其实很多感情事件的发生，都是从喜欢开始的，哪怕这喜欢很片面，哪怕只是一点点。

　　她不去想爱不爱。对于婚外的悸动，人都有自己的一些底线，她的底线就是她不会舍弃自己的家，依然会爱自己的家。

　　而对于别的，她只能说，喜欢。

　　喜欢，对她来说已经足够了。因为这使她终于有了一场所谓的外遇。

　　那天，他们有了个机会单独待在一起。许多年之后，直到今天她都在怀念那一天，怀念那一天的心动。

　　那一天，他们坐在一个林阴道旁的草地边，放松着心情，聊着一些散漫的话题。

　　她是个只留意自己心情、不太会留意周边环境的人，可她至今记得那天很安静，树很高，草很绿；树阴在他们不远处，直到他们离开，也没有退开去；还有灰喜鹊和麻雀偶尔落在草地上。

那天，他们说了太多太多话，说他，说她，可是，没有说他们。

他一直在戒备地划清着和她的界线，其实她又何尝不是这样。这种前提下，本来是没有发生外遇的可能的。

他要的是真实的生活，对于不属于他的人，他不会付出太多。而她是那样自私的一个人，如果没有感到真正的喜欢，同样不会投入。对人对己的不同要求，注定了他们只能彼此观望。

由此，她和他，一度离着很近的距离，心却都在远远徘徊。

他是个很苛刻的人，有时她说的一句话，甚至话里的一个词，一个词里的一个字，他也会深究下去。她以为自己会生气，可是她没有，不知道是不是环境好得让人不忍心生气。

后来，可能是气氛使然，她想要将心动进行到底，就拉了他的手。他的手很有力气，攥得她很痛。当时她想，要是他能让自己痛到心里去该多好。

心痛给人的感觉肯定会更强烈。可她知道，这对他对自己，都不可能。他们之间，沟壑太深。

她愿意有一场棋逢对手的外遇，可是，他们彼此之间的清醒、戒备、冷静、理智，在梦幻和现实之间的挣扎，已经让他们失去了深入的勇气。

他们在付出之前，都在衡量会得到多少。于是在彼此的试探中，一些感觉去了又来，来了又去。

她听得到他的心跳，却听不到他的心声。

索取，给予，在他们各自的底线边缘，她和他想要缠绵。可在她想要沉入的那一刻，却总也沉不下去。对于和她的亲近，他同样表现得迷茫和苦恼。

"好吧，好吧，不必勉强，就这样算了吧。"她苦笑道。

因为彼此之间的猜疑，她清楚地知道，他们终将成为彼此的历史。作为历史，如果有人愿意回顾，自还有些价值；如果不愿意，那就只能被尘封。

她没有勇气想象被尘封的未来，她只愿人与人的相见，多少留下些心与心的怀念。

于是那一天，他们在聊过之后，淡然地分手了。分手时他们说了再见，却都清楚，这一别，他们将再也不见。

他们果然再也不见。

时隔这么久，她仍然记着他，记着他说过的一句话。

他说，越是你不理不睬的人，越是对你上心；越是你上心的人，越是对你不理不睬。总结来说就是：人都是犯贱的。

她知道，在他眼里，自己也是一个犯贱的女人。在他淡下去的时候，她开始热烈，而她的热烈更成了他冷淡她的理由。

她曾经在某个限定的时间段里等待，后来当规定时间到来，而他依然没来的时候，她勇敢地告诉自己：那场她想要记住的所谓外遇，其实早已成风，留下的，只是那些留存在回忆中的些许心动……

她是个太过自我的人，她所讲的故事，也是很自我的故事。

她觉得自己遵从了自己的内心，却从来没有想过，那份感情的结束其实带着无可回避的必然性。

在一场外遇里，人能够付出得极其有限，那么能够得到的自然也是少得可怜。

想要在外遇里寻找温暖哪怕是只要一点温存，其实都是奢望。

愿有青春可奔赴，也有岁月可回首

我没有等到我唯一的fans

正月初七，春节后第一天上班。

洛毅悄悄问我："师姐，安然怎么没来？"

怎么搞的，过个年他的脑袋秀逗了吗："节前放假那天，她不是就已经辞职了吗？"

"什么？！"洛毅张大了嘴巴。

看他错愕的表情，我就奇怪了："你不知道？她没和你说过吗？再说那天她不是和咱们每个人都道别了吗？你是不是喝高了，把这事给忘了啊？"

洛毅愣了一会儿，沉默着走回了自己的座位。

我真闹不明白这两个人怎么回事。

洛毅比我晚进公司一年，是我同校同系的小师弟，安然则是曾和我同租一套房的密友。算起来整个公司里面，就我们三个人最亲近。依我看，安然对洛毅挺有意思，当然在公司里为了避嫌办公室恋情，他们倒没表现得多亲热，我还以为他们两个要到关系确定了才公开呢。

"之前我什么也不知道。"晚上洛毅来我家，一屁股坐在沙发上。

老公识趣地回了卧室，让我做知心大姐。

洛毅苦恼地甩了一下头："我破例上班那么早，就是为了等她。我极少有预感的，可今天早上我就那么急着来上班，我是第一个到的……"

也许他们俩的关系，真不是我想的那样简单。我给洛毅泡了杯茶，听他凌乱地说着，眼前闪现出这样的画面：

中午大家都下班走了，其实洛毅手头也没有要加班的工作，可他还是留了下来。

他不饿。或者说，他想不起来饿。他的心被什么东西充满着。

他转悠到安然的工作区那儿，她不在。当然不在。

那盆小小的玻璃翠还在，绿绿的，肥实的叶子，几乎把那个白色的瓷盆完全盖住了。

那个酷酷的卡通鳄鱼笔筒还在，安然喜欢用的笔杆纤细的签字笔也都在。洛毅注意地看了一下，还是三支，红黄蓝各一支，她曾和他说过那是三种基础色。

很多安然用过的东西都在，只是，她不在。

　　洛毅说，他没有想到安然会真的辞职。以前她也说过几次，说这里不太适合她。这里的一切都是那么有序，一切都得墨守成规，她说自己的工作需要环境带来激情滋生创意。

　　安然喜欢自由的空间，她曾跟经理交涉过，看能否不待在公司，能否一周只来两次，一是领任务，一是交文案。她说她相信自己不坐班也一样可以完成得很好。

　　经理没有答应。公司的人本来就不多，如果客户来了，没有相关工作人员在场，什么都要经理亲自转达客户的意思，那中间的合作也许就会出现一些漏洞，而一些最微小的漏洞也许就可能让他们失去宝贵的单子。

　　安然没再坚持。她后来和洛毅说，自己也许是和别人不一样，她在哪儿待久了就会觉得闷。

　　她说这话的时候，是有些郁郁寡欢、闷闷不乐的。洛毅笑问她怎么排解，她说自己下班后的绝大部分时间都在各个偏僻的小巷里游走，那样的探索过程常使自己轻易地忘掉烦恼，而且，还可以发现很多有趣的东西。

　　很多东西对她来说都是可爱的，她喜欢益民巷那家古老的裁缝铺，喜欢那个白发的老裁缝手工盘出来的扣子；喜欢寺后巷精灵古怪的各色手工广告招牌，比如有个牌子上用稚拙的字体写着：为流浪的众猫娃找个家……

　　洛毅问过安然，既然你不喜欢这里，为什么还要勉强自己呢？

　　安然眨巴着眼睛说："因为我担心你啊，我不放心把你一个人留下。"洛毅当时听了大笑不止。

对洛毅来说，安然很多时候就像是他的小兄弟，尽管她也染彩发，她也穿时尚的服装，但她的性格里却有着太多的男人情结。她自己也说过，她不喜欢被追逐，而对自己喜欢的人可以追得头破血流。

平时上班他们各忙各的，如果中午大家都有时间，她就会来找洛毅侃大山。和她说话洛毅一点也不用考虑话要怎么说出口，信口开河便是，因为她也是那么一个信马由缰的人。

安然的手一刻也不闲着，总是拿起桌上的笔玩转笔游戏，她的水平已经相当高了，一支笔在她手上五个指头间转一圈，也只是洛毅一眨眼的工夫。

她的转笔游戏花样繁多，习惯一边转一边念叨：大拇哥，二拇弟，中三娘，四小弟，小妞妞，来看戏……说话的当儿，笔已经在指间转了两个来回。

安然是挺有趣的，洛毅很喜欢逗她玩："找到那个可以让你抛头颅洒热血地追求的男人没有？如果没有，哥们儿我准备为了友情英勇献身。"

"去！"安然通常是抓起什么就是什么地朝他扔过来，"我得先把你的终身大事解决以后才考虑嫁人，真不成的话，我为你换亲也成，我也看了，就你那半瓶子醋，有点困难。"

洛毅认真地对安然说："找到你的另一半，记着跟我说一声，把你打发出嫁以后呢，哥哥我也要找个人来洗衣做饭啥的，总不能你夜夜狂欢，我一个人独守空房吧？"

安然狡黠地数着指头："我数一下，你得要几个人。"然后一脸坏相地唱着："一个洗衣一个做饭一个当奶妈。"

洛毅笑着去掐她的脖子，手碰到了她光洁的脸，心里不由得颤了一下。

安然也有些不自然，微微地偏了一下头，那涂着亮亮唇彩的嘴唇忽地闪了一下。那一刻洛毅的脑海中竟然闪出一个词：性感。

"我这是怎么了？"洛毅暗暗问自己，觉得很好笑。

临放假的前一天，安然要洛毅请她吃晚饭，理由竟是她想听他说话。

寒冷的冬夜，因为临近春节，各个店面都延长了营业时间，而且，有些店家还趁顾客不太多的时候张灯结彩。红色真是吉祥的暖色，吃完饭一路走过去，安然的脸色看起来也是红红的。

安然到家了，她迟疑了一下，问洛毅："不上去坐会儿吗？"

洛毅调侃道："不用了。怎么，还怕上楼会遇到色狼不成？没关系，我就在下面候着，有什么情况吆喝一声，哥们儿我是招之即来，来则能战，战无不胜，一定打他个落花流水。"然后嘲笑着把安然往楼上推，"走吧走吧，就你那彪悍样，也没人敢惹你不是？"

洛毅清晰地听到安然叹了一口气。

洛毅和安然共进晚餐后第二天，经理召开了公司全体人员会议，其实公司带经理也就十六个人。经理对大家在一年中的努力做了肯定，然后，说好中午聚餐，发红包，就算正式放假了。

洛毅说，他现在想起来了，那天安然似乎特别沉默，不过他只顾和人摽着喝酒，一定要分出胜负来，就没太在意。只依稀觉得很多人和安然碰杯，她也虔诚地和每个人说谢谢。

这个我知道。那天洛毅喝高了，也吐了。记得离席的时候，大家分头打车走，互相握手告别，安然也拉过他的手，和他说："再见！"他当时还教训她："以后就得这样，淑女点，礼貌点，客气点，这样我会更喜欢你的。"

一句话说得安然眼泪汪汪的，他还奇怪这丫头什么时候变得这么多愁善感了。

洛毅说，他没想到的是，安然走了，他竟然会不习惯。

其实别人都知道她要走，可她就是没有告诉他。

而且，安然走了他才发现，这么多年以来，她是自己唯一的fans。

可是为什么，他会一直那么忽视她，让她看着他为别的女人苦痛，而把她对自己的好，看作是顺理成章。

也许安然一直在等他表白，可她没有等到。所以她才逃避，逃避那尴尬的结局，逃避那尴尬的他。那天安然叹息着上楼前说过的最后一句话是："算了，不管什么时候，我都不想让你为难。"

洛毅想，自己潜意识里是不是也在逃避安然呢，逃避她的关怀？因为他一直觉得她不是自己要找的人，所以才任她一直等待。

可是这么多年以来，他根本不知道自己要找什么样的人。都说得不到的才是最好的，自恃聪明的他，也是在苦苦地等待那个不知何时才会出现的人吧。

但无论如何，想到安然，洛毅心里总还是不落忍。

"那你要不要给她打个电话？"我问洛毅。

说实话，虽然我和安然在一起没住多长时间就结婚搬了出来，但我很喜欢那丫头。当然洛毅人也不错，他们两个要是能成，还是蛮好的。也许他们需要再给彼此一个机会。

洛毅点点头："师姐，我当你的面打吧。我怕自己一个人的时候，不知道怎么面对她。"

电话拨通了，室内很静，安然熟悉的声音清晰急切地传来："洛毅，是你吗？"

她掩饰不住的期待让我听了有些心酸。

"是我。你怎么就真的辞职了呢？"洛毅有些抱怨地问。安然的离去对他来说，还是有些突然。

停了好一会儿，安然才开始说话，似乎有些鼻塞："你想让我留下来吗？"

洛毅是喜欢安然的，这他一点也不否认。但他也说，喜欢离爱的距离到底有多远，远得他都不敢去想。

"我……"洛毅没有说下去。也许他不知道该怎么说。事到临头，面对安然，难道他还是没有充分的心理准备？

难堪的沉默。

我有些替洛毅着急。他这是怎么了，难道他刚才是心血来潮才给安然拨的电话？

洛毅好像在努力说服自己不要让安然失望："明天中午能一起吃个饭吗？"

"这可是你第一次正式邀请我。"安然有些幽怨地说。

"这到底是怎么回事，我那么喜欢安然，可却没有爱上她？"挂断电话后，洛毅自言自语着。

他的话让我心中一凉。安然，恐怕注定要失望了。

果然，几天后洛毅告诉我，他恐怕要一直纠结了。

那天中午在饭店再一次见到安然，他竟还是感觉只有亲切，没有亲昵！

他甚至觉得，亲昵会让他们彼此别扭。

菜上齐了，安然要了一瓶红酒："酒壮熊人胆，否则有些话说不出来。这样的机会你不会再轻易给我吧。"

其实洛毅也知道安然一向说话坦率："安然，回答我一个问题。"

安然没吃菜，先喝下一大杯酒，喘了口气："问吧。"

他也干脆点吧："你喜欢我，对吗？"

"是。而且不仅是喜欢，是爱！"安然明白地回答。

"可你为什么没有告诉我？依你的脾气，早该说出来的。"洛毅说。

"为什么？"安然垂下眼睛，"因为我是一个女人，我也有女人的矜持。再说感情是双方面的感受，我不要你的怜悯和施舍，否则我会无地自容。"

洛毅愕然了。这是安然吗？是他的小兄弟吗？

可她的确是一个女人，和他不一样的女人啊！

洛毅想，自己是不是也在隐约中感到安然最终会离去？她不再和他嬉闹，她欲语还休，他潜意识里就害怕安然的表白吧。他从来不想考虑这个问题，现在他逼着自己认真去想。

是的，他害怕。他害怕万一安然表白了他无法拒绝，她各个方面都不错，而且他们那么投机。他心里应该一直祈祷着安然不要说出来吧，所以他们的交往曾经迂回了那么久。

安然基本上只在喝酒了："真的，我不想我们做不成恋人，也做不成朋友。这么多年以来，我们是最好的朋友，当然你从没把我当成女人。"

安然说得对。洛毅总是告诉自己不要像对待男人一样对待女人，可他为什么总是忽略安然的性别？！

"如果那人是我认识当初爱上的，我真就直接说出来了，可我们不同。我们在一起太久了，彼此之间那么熟悉，我知道你对我没有那样的想法，再贸然提出来，真怕朋友也没得做。"安然说话的时候一直没有看洛毅。

洛毅把酒喝掉，又倒了一杯，也给安然满上。和安然在一起，他贫嘴的时候太多，今天，他愿意等着她把想说的话全部说出来。

"我喜欢用红黄蓝三色水粉玩调色游戏，红黄合成橙，黄蓝合成绿，红蓝则合成紫，若是哪一种淡点或深点，就能混合出更多的颜色。"安然说，"我调试了一种又一种，我觉得它们就像是我的生活，多姿多彩。可奇怪的是那种玫瑰红色一直调试不出来，我想这也许是一种宿命。"安然拿起酒杯，醇红的酒在杯里晃荡着。

"你不把我放在心上，从来没有考虑过让我进入你的生活。世界上最遥远的距离，就是我站在你面前，你却不知道我爱你……我就为这样不能逾越的距离苦恼着。"安然颓然地把酒杯放下，洛毅有些心疼。

这顿饭安然吃得很悲伤，洛毅心里也不好过。

走出去的时候，安然有些醉眼蒙眬，可是不让洛毅扶她："陪我走走吧，到小巷子里，好吗？大街上太吵了。"

他还能说什么呢，这点要求。

"这些小巷里的人们总让我感受到生活的真实和人情的温暖。"安然自顾自地说着，脚步倒还稳当，"你瞧，在这狭窄的巷子里跳格子玩的小姑娘，握着一把青菜站在路边拉家常的老太太，骑着破旧的自行车面带微笑往家赶的男人，都让我感受到他们的幸福……我多想什么时候也拥有这样平淡的幸福。"

安然的眼中开始有泪："可是幸福离我那么遥远！我爱的人多少次向我倾诉他追求别的女人的苦恼！我知道自己是在等待一个等不来的人，所以我决定离开。"

"你从来没有明白地告诉过我。"洛毅想为自己辩解几句。

"有这个必要吗？"安然苦笑着，"我已经说得那么明白了，还要我怎么说？我不想让你难堪，不想让你勉强自己。知道吗？我一直在委屈自己适应你。"

"安然，我不想你这样。"洛毅说的是实话。

安然摆着手说："我愿意的，和你没关系。如果我不愿意，谁强迫我也没用。你不必自责。"

不知不觉，他们从小巷的另一头走了出来，来到一条繁华的大街上。

快到情人节了，街旁的店里都在放着《你是我的玫瑰花》。安然驻足倾听着，有些伤感："我明白，你想对我做出补偿的，对吗？你觉得过意不去。但是你还是不能完全地接受我！"

洛毅痛恨自己！为什么，他还是不能够？！

从花店门口保鲜桶里拿起一枝玫瑰，安然的嘴咧了一下："知道吗？情人节时我会格外难过，因为我爱的人不想让我爱他，甚至他在躲避我爱他。我是有情的人，却被伤得最深。虽然那天我也会收到鲜花，可我都把玫瑰抽出来还给人家了。我不能为了虚荣耽误了别人，让人误以为我接受他了。"

洛毅的心抽搐起来："安然，我送你花吧，认识这么长时间以来，我还真没有送花给你呢。"

"送花可以，但同样，我不要你的玫瑰。"

"为什么？"洛毅看她不像在赌气。

安然勇敢地看着他："因为，你心里的玫瑰还没有想好送给我。我爱你是我的事，你不必为此迁就我，没有爱上我也不是你的错。我感谢你今天做出的努力，也不枉我们朋友一场。"

"安然，情人节晚上，我在钟楼广场等你！我想，也许，我们可以试着……"洛毅看了看安然，他又迟疑了，又说不下去了！

可他的话，安然似乎没有听到，她微笑着为自己买下那枝玫瑰，向他挥手告别。

凌晨时分，辗转反侧了一晚上的洛毅，收到了安然的一条短信，短到只有三个字："别等我。"

安然听到了那些话。

盯着手机屏幕，反复看了几遍，洛毅还是不肯相信。

记得是谁说过，有些行动的产生不一定是出于爱，而是不甘心。他不信她就这么放弃自己，于是决定一试。

可情人节那天晚上，洛毅是钟楼广场唯一落单的那个人。

他打安然的电话，她不接。后来再打，她关机了。

We have promised
forever together
040

这次安然明确地表明了她的态度。

她曾经给过他足够多的机会，可在他反复徘徊犹豫的时候，有些东西已经永远失去了。

"我知道，我再也不会等到安然了……"洛毅颓然地说。

爱情这东西，往往因环境不同，制造出的表象也不同。许多人被表象所感，还有一些人，被表象所缠绕，使他们无法深入下去，于是爱情就流失了。

很多人都会在不知不觉间患上选择困难综合症，陷入其中无法自拔，这种病症唯有想明白后自救，旁人是起不了太大作用的。

无论是对人对事，如果做了选择后患得患失，心无宁日，就要认真考虑你的选择正确与否了。

愿有青春可奔赴，也有岁月可回首

人常说，贫贱夫妻百事哀，这话一点没错。这个冬天，自从阿杰和江平双双下岗在家，他们的日子就过得分外艰难起来。

大气候本来就不好，加上阿杰高不成低不就的，他的工作也就特别难找。

　　江平则很快在一家宾馆找到了做服务员的工作，每天早出晚归很是辛苦，但阿杰一点也不体谅她。

　　一天晚上下班后，江平见家里又是清锅冷灶的，就不满地说了阿杰几句。阿杰接着话茬儿，两个人吵了起来，越吵越恼火，直至口不择言，恶语相向。

　　阿杰愤愤不平道："凭什么我得在家做好了饭等你？你是什么身份，得人这么伺候着你？你以为现在是你在养家对不对？别忘了当初我的工资可是你的两倍！你忙，你是忙，谁知道你干什么去了？！每天那么花枝招展地出去，回到家看到我就没个好脸色，你以为我傻啊？！"

　　江平气得一时语结："我……我们有规定的，必须穿统一制服，化淡妆，我得遵守！"

　　阿杰怪笑一声："哈哈，笑话，服务员还有那么多要求？你说，要你们那些个服务员打扮那么漂亮干什么？"

　　江平急得直跺脚："阿杰！你别乱讲！我是正经挣钱去了！你又找不到工作，咱们总不能坐吃山空吧，家里本来积蓄就不多……"

　　阿杰打断了她："嫌我现在不挣钱了是吧？嫌弃我了是吧？"

　　江平无奈地解释道："我不是那意思。我们在一起这么久了，我是什么样的人你能不知道？"

　　阿杰铁青着脸："我只知道你动不动给我脸色看！我现在是挣不了钱，我要是有钱，不也可以买你的笑脸吗？"

江平惊诧不已："你说什么呢？！你怎么不相信我？你怎么可以这样伤人？"

阿杰冷冷地回道："给我一个相信你的理由！我只知道，你现在越来越晚地回来，回到家就开始挑我的刺！"

江平举手投降："好了好了，别再和我闹了，我真的太累了。"

阿杰紧追不舍："你是不是觉得我挺没劲的？"

江平黯然说道："我觉得这日子挺没劲的。"

阿杰像是一下子抓住了话柄："不是日子没劲，是你觉得我没劲，你还是烦我了吧？嫌我没找到工作要你养着，我不是男的吗？现在就业机会对男人来说是太有限了，我不像你，身为女人，又小有姿色。"

江平怒了："你说什么？！我的工作是在出卖色相？！"

阿杰哼了一声："我可没说，是你自己说的。"

江平的心冷极了，她不想在这个家里再待下去。北方的冬天本就太冷，现在回到家里她只能靠自己的体温取暖，她再也不能奢望从阿杰那里得来一句暖心的话。

阿杰和江平的关系恶化了。

江平越来越不想回家，阿杰整天怨天尤人，一副怀才不遇相，日日买醉，和一些同样眼高手低的工友们怀恋着他们曾经峥嵘的岁月。

他的那些工友们，不知出于什么目的，总是嘲讽阿杰，说他现在已经由当年牛气哄哄的车间主任变成了从老婆手里领生活费的可怜虫，而且，他们还含沙射影地说，现在有的宾馆就是藏污纳垢的地方，让他看好自己的老婆。

阿杰和江平的战争开始升级。两个人一见面就剑拔弩张，话越说越难听、越说越绝情。

伤了心了，伤了心了！两个人这样经常吵架，把对方弄得遍体鳞伤，自己也伤痕累累。

烦了，烦了，这日子没法过了。

在现在这个物欲横流的世界，爱情本已太为脆弱，需要两人精心呵护。在两人绝望的互相伤害里，再也没有温情可言。

后来，阿杰终于找到一份工作，在一家大酒店替来就餐的客人泊车。

有了工作，阿杰的心情好多了，他的薪水并不多，可是，至少是有了工作，又重新走向社会了。这让他充实而积极。

他也有机会接触到那些服务行业的人们，知道她们其实是很辛苦的，工作并不好干。

阿杰上岗不久，他工作的那个大酒店承接了一个大型会议。大家都在加班，他不怎么顾上回家了，他很想向江平道个歉，毕竟，那天自己太过分了。

一周后，会议结束了，阿杰想，他有机会和江平好好说说了。

他回到家，见到了江平，也见到了一纸离婚协议。江平说自己什么也不要，只身走人。

阿杰不知道事情竟发展到这个地步，他瞠目结舌了好半天，才想起央求江平："对不起！真的对不起！给我个机会！"

江平坚决地摇头："你侮辱了我，也伤害了我，我永远也不会原谅你的！"

终于没有回旋的余地，他们离婚了。

有一天替客人泊车时，车内广播中正在讨论电视剧《中国式离婚》，主持人的一句话"夫妻本是同林鸟，劳燕分飞为哪般"，使阿杰泪流满面："江平，你也许永远不知道，我伤的是你，疼的是自己！"

阿杰工作兢兢业业，他特别珍惜这重新上岗的机会。

他所服务的这家大酒店生意特别红火，其中一个重要因素就是配套服务跟得上，受到客人的一致好评。

阿杰还是在替客人泊车。他总在泊好车后在车内放上一张自制的温馨提示片："为了您的安全，请不要酒后驾车。如果需要，我愿为您服务。"他还经常抽时间替客人免费擦车，此举受到了酒店的嘉奖。

慢慢地，一些相熟的客户也就放心地在饭局后，让阿杰替他们把车子开回去。阿杰没有出过什么差错，而且，他恪守自己的职业道德，从来不动客人车里的东西，这使他有了很好的口碑。

因为被肯定，阿杰工作更用心了，他对酒店的一条龙服务提了很多建议。

其实阿杰当车间主任的时候，就是很有管理才能的，人不是常说是金子就会发光嘛，阿杰的能力逐渐被酒店认可，后来他被提升为大堂副理。这在他这个年龄段是很少有的。

在工友们为他庆祝的那个晚上，阿杰喝醉了，醉时喊着江平的名字。

时间一天天过去，有人给阿杰介绍了女朋友小陈，她和阿杰同在一个酒店，她在客房部工作，而且还是一个楼层负责人。

然而有一天阿杰向小陈说了对不起。他又想起了江平，他心里还是放不下她。

后来，阿杰有机会介绍工友阿伟进了这个酒店工作。

阿伟告诉阿杰，他和那几个工友都很后悔，阿杰和江平离婚，他们是有责任的，是他们有意无意挑唆了他和江平的关系。

很多人再就业后，都从事了服务行业，这个行业有它的特殊性，可是洁身自好的人还是占了绝大多数。阿伟说其实他们也相信江平没有做过对不起阿杰的事。

阿杰终于鼓起勇气去看江平，可是江平没有住在娘家。

一天下班后，阿杰打听着来到江平的出租屋。

江平租住在小城老区一个偏僻的小院里，院子里放着好几辆三轮车，看样子像是做小生意的。阿杰问了一下，人说江平住在二楼。阿杰找上去，江平的门虚掩着。阿杰轻轻推开门，江平没有发现。

这是个简陋的屋子，江平正在吃晚饭，晚饭很简单，她吃得沉默寡言。外面几家房客正在高声谈笑着，孩子们跑来跑去，这个时候是最热闹的，可江平这里却好像是另外一个世界。

阿杰心痛着，这就是那个每天把家布置得干净整洁、喜欢到处挂上小饰品、把饭做得色香味俱佳、偶尔还和他撒撒娇的江平吗？

江平机械地吃着饭，有些心不在焉的样子，还没吃完，就把碗收拾了起来准备洗刷。阿杰怕吓着她，赶紧用手敲了一下门。

江平发现了阿杰，有些意外。她没有了那时的怨气，只是点了点头："哦，你来了。我刷一下碗就过来。"

阿杰坐了一会儿，江平进屋了："很长时间没见你了。喝水吗？"

阿杰赶紧说："不用忙。你，在宾馆里很辛苦吧？"

江平轻轻地说："我已经不在那儿干了。"

轮到阿杰吃惊了："为什么？不是干得好好的吗？"

江平整理着屋子："不为什么，可能还是不习惯吧。我在新华路一家超市找了做收银员的工作。"

阿杰想，他必须说点什么了："要不，你搬回去吧。哦，我是说，酒店为我们另外租的房子，离得近，我也省得上班跑那么远了。"

"不用了，我在这儿挺好的。"江平走到门口，看来是准备送客了。

阿杰只好走了。江平淡淡地和他说了声再见。

阿杰的心里挺不是滋味，他饭也没吃，走着走着就走到了阿伟家，他特别想找个人说说。

阿伟的妻子一直感激他为阿伟找了工作，对他的到来相当热情。

说起江平，阿伟的妻子告诉阿杰："江平人不错的，有骨气，她的事我听我表妹说了，她们在一块儿上班。

"后来，江平坚持辞职了，其实她的工作尽职尽责，经理本来要升她的职的。江平走时和我表妹说，她不想让当初你说她的那些话变成真的，要是那样别说你，她也会瞧不起自己的。"

阿杰形单影只地回到家，心里特别难过。其实和江平离婚后，阿杰就很少回家住了。他走到哪里，都觉得江平的气息还在。那个小小的套房，因为有江平的存在，曾经是阿杰多温馨的一个大后方啊。

倒在床上，望着窗外，在这样漆黑的夜里，阿杰想起他对江平的伤害。听阿伟的妻子说，江平离婚后一直没有再找，她说自己被伤了心了。

第二天阿杰找到那个超市，看到了江平。江平麻利地收着款，忙忙碌碌的。她的脸色很平静，没有笑容。

阿杰悲哀地想，是他把江平的笑脸带走了。他必须给她补偿，当然也是给自己补偿，没有江平的家真的不像一个家。

一直等到江平下班，阿杰迎上去："走吧，我一直在等你回家。"

江平还是有些冷淡："别忘了我们已经离婚了。"

"可我对你无法割舍！"阿杰拉起江平的手。

教堂婚礼的结婚誓词中说：我会忠诚地爱着你，无论未来是好还是坏、是艰难还是安乐，我都会陪你一起度过。

无论准备迎接什么样的生活，我都会一直守护在这里。

就像我伸出手让你紧握住一样，我会将我的生命交付于你。

人一旦走入婚姻，就像爱情的航船起了航，应该笔直往前走。

可是，许多婚姻被搁浅了。

许多原本相爱的人们，在遇到诸如贫困疾病等考验时，能否执子之手、与子偕老往往就成了婚姻的试金石。

若有一个人下来推一把搁浅的船，船就又进入航行中，直直地往前走，我们是不是都有这样的体验。当我们走过婚姻，就是完美了人生。

而只有相互珍惜、相互扶持，才能在婚姻的路上坚实地走下去。

我输给了那场无人喝彩的演出

秋树不太喜欢林玉，因为她的与众不同。

其实林玉刚进公司不久，应聘的是文秘。

她的工作无疑是出色的，工作效率更是没得说，只是她每天上班踩着点来，下班到点就走，不迟到不早退，见人总是淡淡一笑，连问候也很少，显得很孤傲。

秋树冷眼旁观着。之前凡是公司的新人，都要先来秋树这里拜个山头，才能真正融入进来。

在公司里，秋树牵头成立了挽救青春组合，加入进来的全是公司的精英。他们在公司内外各个领域，都充分展现了他们认为的精彩。

秋树在这个公司的资格最老，技术也最过硬，又懂得策划，一直被老总敬重着。或许是恃才傲物吧，秋树也是特别傲气的人，他已经习惯于人们对他的礼貌客气甚或是敬仰。

已经有人或明或暗地提醒了林玉几次，可她就是没有走到秋树跟前的意思。看来林玉似乎想要打破他的威望了，这让秋树有些不舒服。

于是，林玉总在快要下班的时候接到临时性的任务，而且看起来都是必须立即完成的。

许多个夜里，林玉案前的灯都亮着。

最后有人看不过去，悄悄告诉林玉是秋树在捣鬼，说林玉破坏了这里的潜规则，秋树在以一种不显山不露水的方式惩罚她。

秋树在这里有绝对的号召力，他爱玩，也能玩，他和他的"死党"们操纵着这里。老总对秋树的一些做法也是睁一只眼闭一只眼的，因为如果秋树发作起来，甚至就可以要老总的好看。

林玉笑了笑，依旧只是沉默地工作。尽管她的休息时间越来越多地被占据，她也越来越辛苦。

秋树在一旁冷笑着，他知道，有一天林玉会承认自己的错误，除非她愿意继续为自己的傲慢付出代价。

林玉果然来了！众目睽睽之下她走向秋树："下班后我想请你吃饭，可以吗？"

秋树笑得特别夸张："啊？真的吗？我有些受宠若惊啊！"

秋树似乎得到了某些胜利，一下午他看了几次手表，这让他觉得好笑，自己什么时候开始关心时间了？呵呵，再难的课题，到他手里也是立马搞定，时间从来没有成为他紧张的理由。

下班前夕，秋树来到洗手间一边整理衣装，一边嘲笑自己："至于吗，又不是相亲，太老土了。"

秋树出来时，正好看到了从女洗手间里出来的林玉。

原来林玉是披肩长发啊！平常她的头发总是简单地盘起来，现在满头浅栗色的头发淡淡地卷着，懒懒地散在她的肩头，倒给她平添了几分妩媚。略施粉黛的林玉让秋树的心没来由地动了一下。

作为公司的一号帅哥，秋树的身边不乏美女，甚至不乏才女，他见惯了各种类型的女人。用他的话说，如果他不是洁身自爱的话，对于那些自愿送上门来的女人，他早已应该阅人无数了。

可林玉的美就那么不经意间打动了秋树。

林玉也看到了秋树，向他点了点头："可以走了吗？"

秋树不由自主地回过头去，很多脑袋从各自的工作区里探出来，又立即缩了回去。

秋树的心里从未得到如此的满足，他甚至在心里有些感谢林玉。面子，男人的面子，这个林玉，太会摆谱了，不过这样也好，这得之不易的邀请，让多少人眼红啊！毕竟，林玉本来就是漂亮的，只是她的冷漠，让很多人望而却步罢了。

"说吧，去哪儿？"林玉转过头来问秋树，"你说个地方吧。"

"去一世情缘咖啡屋吧，我们老去那儿的。"秋树说。他为那儿聚集了太多的人气，老板对他相当客气，他喜欢那样的感觉。

"好吧。"林玉的从容淡定让秋树又是一阵紧张，他暗暗地掐了自己一下：真是没出息，难道你怕她不成？

到了才知道，那天正是咖啡屋开业六周年。因为开业以来生意一直不错，老板又迷信"六"这个吉利的数字，所以专门停业一天开了个小小的party，请来的全是老板的朋友。

留板寸的小眯眼老板看到秋树，立即迎上来："秋树！本想给你下个请帖的，可你这几天一直没来，我怕你忙呢。"

老板的眼睛还挺尖："哟，怎么，今儿有情况？"背过身去，他悄悄问秋树："以前没见你单独带谁来过啊，怎么，这次认真了？"

秋树赶忙截住他的话头："没，这是个新同事，想来这儿看看，我带她来认认地儿。"

老板打着哈哈："里边请，全是自己人。"

咖啡屋里现在坐着的全是这个小城的小名流、小绅士。这么说，强调"小"字，是因为他们叱咤风云的老爹们还正在台上，就那个其貌不扬的老板，老爹也是市政协委员。他们有自己的圈子。

一加入进去，人们就叫开了："秋树，这边！"原来秋树的父亲就是原教育局的局长，那儿坐着的全是他以前的玩伴。只是，秋树最近几年不怎么和他们来往，他觉得自己是自食其力的，和他们不一样。但这时，那些人的亲昵还是让他高兴。

带着林玉走过去，那些人上下打量着林玉，林玉不卑不亢地向他们微笑着点头："大家好，我叫林玉。"

那些人全带着自己的女伴，那些女孩子，大多有着艳丽的美，秋树觉得林玉就像是玫瑰丛中一枝清新的百合。

秋树向大家介绍林玉："我们公司的文秘，名牌大学的高才生。"

秋树说的是实情。但如果放在平时他不会这么说，他觉得没必要帮一个女孩子显摆。可他看出来了那些养尊处优的女孩子们的敌意，想替林玉解一下围，他已经听到有人故意用林玉能听到的声音说："哼，书呆子一个，老处女！"

那个小小的聚会是热闹非常的，老板鼓动着客人们上台助兴表演，台下嬉笑声一片。

突然，主持宣布："下面请我们的客人林玉小姐为大家表演一个节目！"

秋树看了看林玉，他也觉得突然。他突然意识到，一定是林玉的淡漠惹恼了某些人吧，他们想要她的难堪。那一刻秋树觉得自己不该带林玉进来的，他想是他让林玉难堪了。

在秋树的懊悔里，林玉已经起身了，她走到临时搭起来的表演台上的时候，台下静极了，没有掌声，没有起哄，什么也没有，秋树想冲上去救林玉的场。

林玉淡然站定，回头示意DJ："POWER JAZZ。"

在震耳欲聋的音乐声里，秋树被震撼着：林玉成了一个忘情的舞者，她告诉了人们原来这世上真有一种语言叫作肢体语言，她的发、她的唇、她的手臂、她的腰身、她的腿，施展在那个无人喝彩的舞台上。那就叫狂热，那就叫激情，那就叫旁若无人，那就叫桀骜不驯！

戛然而止的音乐，让这里出现了死寂的空白，连人喘气的声音都能听得到。

林玉整理了一下头发，像是下班时一样，轻轻地走了出去。

　　秋树缓过神来，追出去，他在林玉舞动的最初，感受到了人们的嫉妒，他孩子气地感谢林玉给足了他面子。可是后来，他从林玉身上看到了一种绝望。那绝望让他害怕，他觉得他伤害了林玉。

　　林玉在门口站定，看着秋树："我没有给你丢脸吧？"

　　秋树什么也说不出来。好半天，他才急切地辩解："我不是有意的，我不知道他们在这儿。"

　　"知道吗，秋树，以前我还觉得你以自己的本领吃饭是好样的，虽然你的有些做派我看不惯，可我并没有划你为另类，也并没有指责你或是想要改变你。每个人都有他的生活方式，为人在世首先要学会尊重别人。

　　"可今天你令我失望了，你没必要把你觉得尊贵的东西强加给我，我不喜欢。你以为这个小城里你们会是未来的主宰，可你们错了。告诉你吧，秋树，其实老总已经在物色新的技术经理了。

　　"每个人都可以活得精彩，我以我自己的方式生活，并没有妨碍别人什么，这不会是什么错吧？"

　　在林玉冷冷的眼神里，秋树感觉到了自己从未有过的卑微。

　　"我想埋单的，可你没有给我这个机会，"林玉看了看秋树，"我走了，我知道我们的家不在一个方向，所以你不必送我了。"

　　秋树觉得最初的对垒他输给了林玉，输给了她那场无人喝彩的演出。

　　再见到林玉时，秋树的傲气突然没有了。他的死党们悄悄探讨着昨天他们出去后可能发生的事，这让秋树特别心烦。

上班间隙，秋树悄悄地看了看林玉，她还是埋头打着什么东西，脸上依旧宠辱不惊。

林玉去给老总送材料，回来的时候在秋树的工作区那儿站了站，想说什么，最终还是什么也没说就走了。她让秋树又是一阵紧张。

林玉最后还是又来了，她的脸微红着，轻声对秋树说："我既然说过请你，就一定会请。今天继续，可以吗？"

秋树想拒绝，昨天的事让他感觉不太舒服，可最后他还是接受了。他没有当逃兵的习惯。

很简单的一次午餐。秋树一直埋头吃饭，倒是林玉，话匣子打开了一样，和秋树说了很多话，讨论流行的网络歌曲，笑谈大学期间的趣闻，评点餐馆里菜的妙称。

面对秋树的沉默，林玉终于严肃起来："刚才我去送材料，才知道是你帮了我，否则我早被公司开了。"

"没那么严重吧？"秋树还是那样，说话很无所谓，散漫地靠在椅子上，可这次他的散漫，没有让林玉觉得居高临下。

"老总说，我曾有一份重要的材料把技术术语打错了，而且不止一处，因为急着用，是你重新打了一份。可你从来没有说过。"林玉探寻地看着秋树，她觉得自己还是不了解秋树的。秋树，也许不像她想的那么肤浅。

秋树点燃了一支烟，沉沉地吸了两口，才自嘲地笑了笑："我还是太自以为是了，没征求你的同意呢。"

"没什么，反正我爸也老抽烟，我对烟味不是那么敏感。"林玉的话让秋树怔了一下。

"那事没什么好说的，举手之劳。再说了，那些技术指标也就我们技术组的人分得清楚，你已经不错了。"秋树只是吸着烟，并没有看林玉。

林玉诚恳地看着秋树："可老总对人要求特严你是知道的，况且我又是刚来这里，闹不好我要被辞退的。谢谢你，秋树，我跳过几次槽，这个公司我最满意，因为这里的待遇最公平。"

"谢谢？我真不习惯你说话这么客气。"秋树抬起头来看了看林玉。

"我很抱歉，秋树，我刚到这里的时候，是挺烦你的。我一来就听说这里的有关规矩了，我觉得你们有些江湖作风，我不喜欢。我觉得现在大家都凭自己的实力吃饭，任何情况下都是优胜劣汰，想要靠别的什么来给自己安全，都不可靠。"

"我知道你讨厌我。话说到这份儿上，有什么就都挑明了说吧。"秋树坐正身体。

"反正我不喜欢你们的做派。什么挽救青春组合啊，人的青春怎么了，要来挽救？堕落了吗？失控了吗？失真了吗？我不喜欢故弄玄虚的东西。"林玉很直率。

"你是实在，太实在了！"林玉的话让秋树有些生气，"你不明白我们这个组合的真正意义。其实在公司除了老总，不管是谁，即使被冠名经理或是主管，我们都只是打工者。

"打工者永远只是打工者，我们在这里倾情地付出过，我们的青春奉献给了公司。既然付出了，我们就要得到应有的回报！你以为老总那么仁慈吗，考虑着大家的奖金，时不时地犒劳大家一次？那是我们争取的结果！"

林玉震惊了，她是第一次听到秋树说这些话，秋树在她眼里是玩世不恭的，但现在秋树很认真："其实我早知道，如果有一天老总要拿人开刀，第一个准是我。我一直以来就知道，可我还是得为大家争取应得的利益。

"我这么说你也许会笑我，是啊，我是谁，我也只不过是一个打工者。我仅有的资本，是我付出了更多，为公司赢得了更多的收益。老总对我客气，我知道那客气的后面是什么，是容忍，以让我能够最大限度地为公司争取效益而已。

"大家都不容易，林玉，其实我们吃的都是青春饭。到了年老的时候，我才不要煞费苦心地为几个技术数据耗费我的心血呢。大家抱成一团，目的就是在工作和生活上互帮互助，在我们应得的权利得不到的时候，可以用团体的力量去施压。"

林玉看着眼前的秋树，觉得秋树的神秘面纱一点点地揭开了。在公司里，很多同事对秋树都是敬而远之的。

秋树坦白地说："我知道你对我的做法不屑一顾，可人说和，就是我们形成组合的真正缘由。也许我胸无大志，我天生就不是做管理的料，就该是用自己的心血为别人奠基，我认了。开公司不是一两句话的事那么简单，这需要方方面面很多关系和协调，我做不到。我们老总行，没听人说他是我们小城的"挪动天"吗，当然，公司走到这个地步，我付出了太多。

"我不会在名义上和老总争什么，没意思，打工者也没什么不好的。他是需要我们这些人的，我们的努力为他打开了滚滚的财源，我不嫉妒他的收益。但是，我该得到的他一点也不能少我的，我这人不喜欢欠人，也不喜欢人欠我。"

这就是那个暗地里找她麻烦的秋树吗？林玉有些怀疑了。

"林玉，我们公司虽然是私企，可混薪水的人还是不少。那些人少得点也亏不到哪儿去，因为他们只值那么多，所以我不愿与他们为伍。我那个组合里的，全是兢兢业业为公司发展呕心沥血的人，而他们很多时候又太木讷，我才逗了这个头。

"其实加入那里的人很有限。说句你不爱听的话，想要你加入那是看得起你，毕竟公司里那多么人我也没有拉他们入伙。为此我得罪了不少人，他们觉得我小瞧了他们。我知道我的逞强肯定惹人烦了，大家认为我太飞扬跋扈，包括你。其实对同事工作上的失误，一向是我承担的，我觉得也只有我才能让老总网开一面。"

林玉脸又红了。以前她总觉得秋树有些嬉皮，其实同为打工者，秋树他们只是在以某种方式保护自己。

林玉换过两家公司了，看多了人们的勾心斗角，她觉得厌倦，所以这次来到这个新的公司她决定避开一切纷扰。

她觉得自己可以捍卫一片净土，她的能力可以让她独行这里。可是她在今天上午之前并不知道，她已经在不知不觉间面临了危机，又被别人无声无息地化解了。

秋树的脸上没有了在公司时的不可一世，相反有一种深深的疲惫，手中的烟不知什么时候也快抽完了。林玉突然有些心疼这个身上带有淡淡烟草味道的男人。

秋树继续说道："知道我们那个组合的约定吗，在得到了应该得到的报酬后，要拿出一部分资助没钱上学的孩子。上大学时，我有同学就是来自贫困山区的，他给我们提供了资助的对象。

"我们不想表现得高尚，所以连名字也没留过。我应该得到的就要得到，至于得到后怎么支配那是我自己的事。当然，我们偶尔也去泡吧，也去蹦迪，我不想让自己做一个苦行僧。不过我们的消费有自己的原则，那样的消费也是偶尔为之。

"你应该看出来了，我是个要面子的人，可能有些时候也是死要面子活受罪吧。其实来咱们公司之前我在另一家效益更好的外企，我和另一个人都在等待通过试用期，当时我们两个只能留一个。

"我知道最终的结果一定是我留下，我有这个自信。可他告诉我说他女朋友大学还没有毕业，他要资助她，他急需这份工作。我二话没说就提前退出了，之后就来了这里。

"进公司后我发现，老总是少有的奸诈，对员工特别苛刻。于是我才想到了以其人之道还治其人之身，他不仁，我不义，他敢犯混，我就得有制约他的手段。"秋树又点燃了一支烟，林玉想劝阻，可看着秋树向窗外转去的身体，把手缩了回来。

林玉想，这就是为人处世的艰辛和不易吧。自己从原来那个公司辞职时，公司不也扣了自己一个月的工资吗，说是突然辞职影响了正常工作等等。其实林玉提前一周和部门主任说过的。当时林玉觉得没必要争执，现在想来也够冤的。

"知道吗，林玉，你太骄傲了，你把我们看得俗不可耐，这让我很恼火，于是我也小人了一把，嘿嘿。我从小到大被众星捧月惯坏了，可以说，我的生活那才叫真正的一帆风顺，我受不了别人的冷淡。

"你曾经很伤我的面子。不过，这一切都不重要了。我既然已经知道了老板要换下我，我还是自己辞职吧，免得到时候让人笑话。我秋树什么时候让人扫地出门过？"秋树站了起来。

"秋树，不要走！"林玉忍不住叫了出来。

秋树只是淡淡地摇摇头。

秋树要走了，林玉知道。尽管下午上班时他还是一如既往地张扬着，可林玉看到了秋树的沉默，虽然那沉默稍纵即逝。

下午临下班时，秋树大张旗鼓地和大家告别。老总虽然觉得有些突然，倒也还是说了很多话进行挽留。

秋树半真半假地和老总开着玩笑："对兄弟们好点，要不然有一天我会来挖墙脚的。"

他的兄弟们，还有他的姊妹们（秋树是这样叫的），都以一种复杂的心情来送别他。秋树让大家别跟着，说和林玉这丫头没培养出什么感情，她送他，他才不至于落泪。

难过。林玉想，如果不是她多嘴，秋树也不一定就真的离开公司，毕竟，他对公司是有感情的。

提着私人物品，秋树和林玉拦了辆出租。公司在城北，秋树的家也在城北，可他自己在城南租了间房子，这儿离城南是有一段距离的。

秋树拉开了车的前门，可林玉把门关上了。她勇敢地看着秋树："东西放前面，我们坐后面。"

秋树没有多说什么，上车后他望向窗外，看着向后掠去的街景，看得很专注。

"不想和我说点什么吗？就算是临别赠言也好。"林玉追逐着秋树的眼神。

"说什么呢，其实你比我想的坚强多了，也自立多了。不过，我想作为女孩子，还是不要太特立独行的好。很多时候你得随上大流，那样虽然会让你觉得自己没有个性，可很多时候，个性往往也是受到伤害的原因。"秋树像是自言自语。

"林玉，其实我觉得自己挺不如你的，你在无人喝彩时也可以一样舞得精彩。我不行，绝对不行。我可能自己就先把自己打败了。"秋树慢慢地把目光收回，看着前方。

在林玉听来，秋树的语气已是绝无仅有的低沉："我挺欣赏你的，林玉，你有充分的自信，这很不错。不过这应该是极限，不能再过了，否则有些时候是容易被自恋冲昏头脑的。"

林玉不由得点了点头，自己不就是经常感觉天下独醉唯我独醒吗？

秋树侧过脸来，正视着林玉，像是要交代什么重大的事情："学过哲学吧，人是有社会性的，不可能脱离社会独立存在。况且，避开争斗并不是可以保全自己的最好做法。很多时候你只有主动出击，才可以掌握主动权，否则只有坐以待毙。可能我说得严重了，不过，至少这是我和老总打交道得出来的结论。"

林玉想，她对秋树太偏见了。人不会绝对独立于社会中，因为人时时刻刻都会与外界发生联系。她那么瞧不上秋树，可正是她打心眼里不屑的秋树在关键时刻帮了她。

秋树带着自嘲的笑，甩了甩头发，像是要甩掉红尘往事："真是笑话，我还梦想着可以保护你呢。因为你是我见过的最特别的女孩子，这种感觉已经很久没有过了。"

带着有些伤感的笑，秋树问林玉："相信吗？我见到你总是紧张！因为我特别在意你的感觉。我想你刚来到公司人生地不熟的，有我做你的靠山会好得多。可你一直以来就不领我的情。我为难你，可能是因为有些莫名其妙地喜欢你吧，我想引起你的注意。"

林玉在心里叹了一口气。这个秋树，他以为他真会做谁的保护神吗？说到底，他也只是一个站在边缘挥舞着盔甲吓唬人的大孩子而已。但是，林玉仍然被秋树感动了。

下了车，林玉一手帮秋树提着东西，另一只手拉过了秋树。

那是一双多奇特的手啊，曾经，林玉看到过那双手在键盘上舞蹈，那样挥洒自如、豪气冲天，电脑屏幕上的字符飞一样地流淌着。现在，这双手却有些羞怯，像是秋树脸上的表情。

"再见吧，林玉，我觉得一个人的力量实在是太有限了，我渴望在团体里得到支持，说我在帮别人，其实也是别人在帮我，或者，是大家在互相帮助。所以，你以后要多和同事们接触，遇事也有个人商量。"

一脸凝重，秋树和林玉握手道别："其实离开公司我很难过，因为我最宝贵的时间都给了那里，虽然我知道那是迟早的事，没有哪个老板愿意他的员工和他谈条件，他的容忍也仅仅是时机不成熟。"

像是下了很大的决心，秋树抿了抿嘴唇："而且，我不放心你！"

林玉的眼里升腾起云雾，她看到秋树的眼睛里也闪烁着一些亮亮的东西："很多时候，很多人都被生活的长河冲掉了棱角，变成了圆滑的鹅卵石。乍一见到你这块尖利的小石头，虽然被硌了一下手，我还是觉得有些放不下。你是醒目的，所以你遭人挤对的时候也会多些。你要小心，不是我把人说得险恶，这是我的经验之谈。"

　　和林玉挥着手，秋树笑着自己："瞧我，又在和你说什么经验了。其实我自己都混成这样了，还哪有资格说你啊。"

　　"不，秋树，有什么你就说吧，我想听你说！"林玉叫道。

　　可是秋树已经退着离开了："好好保重，我会想你的！"

　　又一天过去了。快一星期了，没有秋树的任何消息，不知道他有没有再找到工作。午餐时林玉有些心不在焉。

　　吃过饭回来，老总把林玉叫去了："知道你那次打错资料会给公司带来什么样的后果吗？根据对你的观察，我现在正式通知你，你被辞退了！这个月的薪水扣发，你来时交的两千元岗位保证金也算作罚款！"

　　林玉笑得云淡风轻："是吗？真是不好意思，老板，我还有一个错误得向你承认。我刚刚发现我的电脑好像被黑客入侵过了，我打的资料全存盘在那里，我怀疑我们的新产品会机密外泄。"

　　"什么？！"老板丰富的表情让林玉想不起合适的词来形容。

　　林玉留下了。她没有告诉过秋树她的电话，公司里也没人知道她的电话，她的生活一定程度上也是与世隔绝的。她怕万一哪一天秋树来找不到她，所以她必须留下。

　　可是，秋树会来吗？会来找她吗？

　　林玉终于明白，自己心里是看重秋树的。秋树在工作上的出类拔萃自不必说，更重要的是，秋树嬉笑怒骂的外表下，有一颗被隐藏起来的善感的心。

可最初秋树的那些做法，曾经让林玉怀疑自己的判断。尤其那次，在一世情缘咖啡屋，她在音乐声里舞动，疯狂着自己的思绪时，她绝望过。

一世情缘，对她和秋树，却是一时情缘了。她从来没有从秋树那里得到过什么承诺，她也没有给过秋树什么希望。为什么，当一切不再来的时候，记忆却如黑夜里的潮水，虽然看不到，却可以感觉得那么清晰。

年终公司例行聚餐，大家频频碰杯，饭后大家一起去恋歌房唱歌。林玉歌罢，掌声四起。可是，林玉却在倒在沙发上时为一个人流下了眼泪。

那个人，是秋树！这时没有秋树的喝彩，别的喝彩不存在，也没有意义。

林玉原以为，自己是与秋树对峙时的胜利者。可到最后她发现，其实如果没有秋树，没有她感知的秋树在内心的喝彩，她也一样输了，输给了自己的思念和牵挂……

人的情感一旦错位，表达起来是非常艰难的，它会无法打到点子上去。

有的人，便生生地看着这一世的美好，在面前眼睁睁地溜走了。

很多时候，我们不知道要找什么样的一个人共度人生。世界那么大，我们往往在不经意间，与我们最爱的那个人擦肩而过。

花自飘零，水自流

　　她和他是彼此熟悉的陌生人。每个周末的傍晚，两人都会在新华书店三楼的读者俱乐部遇上。

　　这是个全民娱乐的时代，人们的周末夜生活空前的多姿多彩，所以这个时段看书的人并不多。他们两个倒是常客。

　　他们都喜欢坐在远离服务台的东北角，那里似乎总比别处安静一些。两人共用一张大桌子，中间总是隔着两个座位。

　　久而久之，他们习惯了彼此的存在，再见时会相互点点头。

　　看书累的时候，他们都会抬起头来四下看看，休息片刻，于是更多地进入了彼此的视线。

　　她眉目清秀，着森女服饰，喜欢借时尚或言情杂志，看书慢慢的，样子很悠闲。

　　他不修边幅，总穿运动套装，手头大部头的书，貌似专业书籍，他读得很认真，还会做笔记。

　　很明显他们两个看书的意图大相径庭，但竟都不觉得对方突兀。

　　他注意到她是个爱干净的人，手边总是放着一包湿巾，看一会儿就会仔细地擦一下手。"呵，人也干净了，书也干净了，这倒是两全其美。"他暗笑。

　　她则对着他轻笑出了声，因为那天他用来记笔记的签字笔出了点毛病，墨水溢出来沾到手上后，被他不小心抹到脸上，正好以可爱的线条划在了嘴角，像是一根猫咪骄傲翘起的胡须。

她递了湿巾给他，他手忙脚乱地总也擦不干净。

"有镜子吗？"他狼狈地小声问道。

"没带。"她说。

突然，她用手指了指桌上他的手机："用相机的前置镜头就可以了。"

他鼓捣了一下，果真解决了问题，很是佩服她的机灵。

两个人都笑了。

那之后，他们两个也没有更熟悉。交集的范围仍限于共用一张书桌。

在这个快节奏的时代，能安心看书的时候并不多，他们也总是被打断着。

他有时会压低声音接通手机："是我。嗯。知道了。我就去。"

然后他会微微叹着气，匆匆记下书的页码，向她点下头，还书离开。

看着他清瘦的背影她好奇着：他是从事什么工作的，忙成那样还愿意挤出时间看书？

当然这样的疑问她并没有当面向他提出过，他也从来没有主动说起。

　　她慵懒地一页页翻看着杂志，偶尔接到的电话，让她很疲倦的样子："不，我不去了，我减肥呢，晚上不吃饭的。"

　　挂掉电话，她偶尔会愣神，之后继续默默看书，却有点心不在焉。

　　他也奇怪，像她这样靓丽的女子，正是恋爱约会的好时候，竟还能这样安静地坐在这里。

　　他有时能感觉到那个给她打电话的是个男孩子，只是感觉那人比他还要拘谨。是不是美丽的女孩都让人紧张呢？他暗想。

　　但他也只是想想，并没有心思去问。

　　有时他处理完事情，还会再回来看会儿书。那时候她通常都没走，对他的返回，总报以微微一笑。

　　而她在有时推脱不开邀请时，也会暂时离开。不过，只要时间来得及，也总会赶回来再坐上一坐，哪怕看不了几页书。

　　很多时候，这里就像一个小小的世外桃源，让她和他依赖着。

　　小城很小，却也够大。除了在书店，他们竟然从来没有见过对方。

　　尽管他们只是在周末傍晚借阅书时遇上，可渐渐地，那样的相遇倒也成了一种不经意的必然。

　　到了后来，当他们中的一个人路过书店时，都会不由得想起对方，虽然念头是那样轻、那样淡。

　　直到有一天，她去的时候，他不在。她离开时，他也没有出现。

她有些想知道他为什么没来。

这是不是一种惦念的开始呢？

每个周末她还是会去，她还是习惯地坐在那个角落，间或抬起头，看看相隔两个座位的那个空位子。

她的心，好像也空出了点位置。

一个月后，她再去的时候，看到他已经坐在那里看书了。她突然有了一种惊喜，像是出其不意见到一个久违的老朋友一样。

她第一次向他轻轻地打招呼："嗨！"

他被她声音里的欣喜情绪感染，虽是淡淡地笑着，却也用力地迅速点了一下头："你好。"

接下来的时间，他依旧埋头看书，她却有些走神了。她悄悄地看着他，有些喜欢他认真读书的样子。

现在的人浮躁得很，像他这样专心搞学问的人真的是不多了。

时间过得很快，转眼间半年时间过去了。

他们依旧每个周末都可以遇到，像是没有相约的约会。

之前同事给她介绍了一个男生，可她一直找不到恋爱的感觉。她不喜欢他温吞吞的木讷样子。周末的时候，她更是逃避和他在一起，她害怕无话可说没话找话的尴尬，所以才情愿泡在书店看书。

他们两人之间，从一开始就基本处于停滞状态。那个男生小心地发来短信问为什么，她沉默了好久，只好说她这段时间太忙，因为她实在说不出别的什么来。

其实人与人之间的默契更重要吧。像那个她不知道姓名同桌读书的男孩，两个人也没有说过多少话，可从来不觉得压抑、不觉得难堪和别扭。

当然，在书店看书时，是不适合和书友长篇大论的，但她就是觉得如果那个男孩是她男朋友，即使两人对坐一晚上，哪怕不说一个字，也是轻松自然的。这样的感觉是她想要的，叫作心灵相通。

她开始悄悄为他等待。每个周末下班之后，她都早早地在书店等着，为此她取消了很多活动。

喜欢一个人往往想不太清楚其中的理由，也许，仅仅因为他们这个时段都喜欢安静、都有读书的共同爱好吧。

她的春天已经到来，可他的春天却滞后了。他并没注意她的期待，依旧匆匆来匆匆走，不刻意冷淡也不刻意亲近。

她在他的疏忽中寂寞着，内心有些荒凉。

非周末的一天，在移动公司的业务大厅里，她意外地遇上了他。他傻呵呵地一个劲儿冲她笑着，那样稚拙的笑容瞬间荡进了她的心。

她的心情顿时变得格外好，好像她想要的只是他的一个笑容。

那天他把自己的名片留给了她。原来，他是一家房地产公司的监理工程师。她也给他留了自己的电话，她在一个小公司做文员。

在排队等着办理业务的间隙，他们聊了起来。两人很快发现，原来他们有很多共同话题。

最兴奋的是她。在她听说他接下来会很忙，有段时间不能再去书店看书时，立即许诺可以无条件帮他。

果然，从那以后，他若下工地太忙不能去，就会打电话托她借需要的书。她就根据他发短信报来的书单，在酷暑的日子里，借完书再跑着给他送到工地上。

他的同事们起着哄，开他的玩笑，她的脸红了，可他却解释说，他们只是朋友。他说的"朋友"二字，让人感觉淡而无味。

他从来不知道，为另外一个人期待，做他需要的事，对她来说，已经超出了她对自己男朋友的付出。

他好像一直都没有察觉。其实，他除了自己的工作，什么都不太在意。说起来，他比她的男朋友还要木讷。他至多会用他的微笑表达他清浅的谢意。尽管他的同事们说，平时他很少笑的。

在她的盛夏，他的春天姗姗来迟。

当她又一次送书来，他接过后翻看着，竟很快沉入进去，保持着站立的姿势，半天都没有动，甚至没有顾上向她说声谢谢。

她轻轻地敲了敲他的书："我走了。再联系。"

他抬起头来笑了笑："嗯！谢谢你啊！我看完这本再和你联系。"

看到他心无城府孩子一般的笑容，她突然有些难过。

高温的天气、大老远的路途、她满脸的汗水，在他眼中居然什么都再正常不过。

见她没有像以往一样随口应着离开，而是怔怔地看着他，他有些蒙了，手足无措起来。

她思索了一下，郑重地看着他问道："你，喜欢我吗？"

他张大了嘴巴，很有些受惊的样子，呆了一会儿，还是不知道说什么好。这是他从来没有想过的问题呢。

"别紧张，和你开玩笑呢。"她转过身去，抹了一下眼睛，说是被风沙吹了。

她走后，他挠着脑袋，总觉得她有些话没说清楚，但他自己，又想不太明白。

他也没有再想。都说女人的心思很难猜，猜来猜去也猜不明白嘛。

不知不觉中，秋天到了。

公司里的业务多了起来，她人为地更加忙碌，忙得不去想更多的东西。

同事介绍的那个男生又打来了电话，嗫嚅着说已经隔了那么久，她也该忙过去了，他想恢复和她的约会。

她接受了。两人的关系就此解冻。

待两人开始继续交往后，她才发现，原来那个男生是很细心的人啊。他们外出吃饭的时候，他每次都会特意交代服务员不要放姜，因为她不喜欢那味道。要是她带的湿巾用完了准备去买，他就会及时递给她一包新的，说是早就备下了的。尽管他想和她多散会儿步、多说会儿话，可只要发现她穿了高跟鞋，就会立即送她回家，怕她累着。

而且她发现，男生的口才并不差，并不是她以往印象中少言寡语的人。当她说起这些发现的时候，他才告诉她，是她变得平易近人了，自己以前看着她疏离的样子，总不敢和她说太多，只怕说话不合适惹她生气。

"我希望你永远高高兴兴、快快乐乐的。"男生说。

听到这些她的眼泪突然流了下来，她抱着他，哭得很委屈。

男生很难过，他说自己很爱她，真的不想让她伤心，所以才一直在为她赔着小心。他想要她开心的，只是他不知道用什么样的方式来表达。他能做的，只是在她心情不好的时候，约她一起吃吃饭、一起走走，虽然她总是拒绝，可他一直都在等待。而且为了不让她以后跑那么远的路去借书看，他按照图书排行榜，给她买了好多书回来。

她擦掉眼泪告诉那个男生，书中不是常说有耕耘就有收获嘛，他的秋天，也会是个丰收的季节。

那个工程师监理的项目终于在某一天告一段落。他开始天天往书店跑，甚至整天泡在那里，可是，他再也没有看到过她。

正值世界读书日前后，看书的人空前的多。服务台东北角他们常坐的那张桌子上，有时竟人满为患。只是，再也没有了她。

一天，一大早他就赶了过去，那会儿人不多，他坐在自己习惯坐的座位上，看着她以前固定落座、如今却空空的座位，若有所思。

他呆呆地坐了很久，后来依计划借了一本书来，却平生第一次看着书本，什么也没有看进去。

临到中午的时候，他从书店出去，站在喧哗的大街上，看着如潮水般涌动的人群，冲动地给她打了个电话。他被自己的决定感动着。

电话在响了很久后才接起来。她的声音听起来淡淡的，特别遥远。

他告诉她，他想要见她。

电话那端，她停顿了一会儿，然后告诉他：她不会去那里了，借书证她已经退掉，她和未婚夫已经在另外一个读书沙龙办了卡，再说，家里目前的存书还没有看完。

他呆呆地听着，不知道如何作答。最后，她在另一端轻轻地挂上了电话。

那种被截断的嘟嘟声刺激着他的耳膜，他回转过神来，感到心里无比失落，甚至，有一种清晰的伤心的感觉。

他本来是想告诉她，他是喜欢她的。

可等他想起来说的时候，她已经从他的世界消失了。

他茫然地走在街头，想起他们在书店认识以来的点点滴滴。

他记得，她曾经借过几米的漫画书，他扫过一眼，有一篇《向左走，向右走》。凭他直觉，那书里讲述了一种错过。

他明白了，他和她的那份感情，也是过期不候。

一个偶然的交叉，本来可以开放出一朵精致的花儿，但男孩的不经意，使那朵单独绽放的小花无奈地枯萎了。

是谁说过的，爱情不会站在原地等你。

爱情，也许是这世界上最需要互动的事。没有人愿意在爱情中唱独角戏。

也许你会说，他只是不解风情而已，但这绝对不能成为他不投入的理由。当一个人对你倾注感情的时候，她是需要感知到你的爱的。

想要忘记你不是很容易的事

郭亮和他的女朋友依依之间，最近好像出了点状况。

郭亮对依依向来是漫不经心的，虽然之前他也觉得有些不对劲，可终究没有太在意。直到有一天，他猛然意识到，依依已经很久没有联系他了。他认真回想后恍然警觉，两人已经有近两个月时间没在一起了。

郭亮觉得意外。这么长时间和他疏离，不像是依依以往的做派。因为在他和依依两人之间，从来都是依依主动向他靠拢，无论他对她怎么不冷不热、不温不火，依旧对他热情不减。

在郭亮眼里，依依对他的追随都已经是在死缠烂打了，生怕自己不要她一样。

所以郭亮觉得，面对依依的热情，他只须被动接受就够了。而且这么长时间以来，他也已经习惯了。

可他又等了几天，依依那边依旧没有动静。他想联系她，又觉得不妥，总觉得不能惯了她这毛病。

但这次的情况真有些不太一样。郭亮耐着性子又等了几天，最后实在有些沉不住气了，他试探着给依依发了几条手机短信。

可依依一个字也没有回。虽然她也看到了，而且每个短信都要看两遍。

看第一遍时，她会冷静地感受一下自己的真实心情。然后再看第二遍。之后，果断删除。

她坚持着，不想再回郭亮一个字。因为郭亮伤透了她的心。

之前她对郭亮好，是因为她爱他。她总觉得，既然爱了就要全身心地投入，所谓"爱我所爱，无怨无悔"，为此她甚至不计较郭亮是否等额回报。

每当她的闺密有意无意在她面前谈起男朋友的爱有多深时，她总安慰自己说：在爱中，说什么等额超额，爱有多少是可以准确衡量的呢？自己付出多一些又有什么关系，谁让自己爱他呢。

不是不觉得委屈，可她一直在开导自己。

这些在郭亮看来，就没有那么领情了。他心情好的时候会和依依多说几句，心情不好的时候就不阴不阳着。依依和他在一起时，他若有事拔腿就走，而依依若有事要离开时，就得小心翼翼地解释半天，即使那样他还是说吊脸子就吊脸子，让她很难堪。

闺密作为局外人，把他们之间的事情看得很清楚。她告诫依依说，这样不对等的爱，总有一天会出问题。

依依不服输，她认准了的人、认准了的事，就会全力以赴。她想，她多爱些，不就把他欠缺的弥补回来了吗？这样，也可以算一个互补吧。

她就这样安慰着自己。

有好几次，在她几乎支撑不住的时候，她还尽力替他开脱：男人是要以事业为重的，他在那么大的一个IT公司做技术主管，压力肯定很大，如果男人也像女人一样叽叽歪歪，沉溺于儿女情长，是不利于保持清醒头脑的。自己喜欢的，不就是他的果敢和冷静嘛。

她的坚持很是辛苦，而且一天天这样下来，她还是难免伤心了。

"你们那叫恋爱吗？是你一个人在单恋吧？！"闺密尖刻地说道，"他再忙，也有空闲的时候吧？也总有心情好的时候吧？你看他啥时候主动联系过你啊？不信你试试，你要不主动找他，他绝对不会理睬你！"

她知道闺密是个直性子，从来都是话糙理不糙。她想，不行的话就试试吧，谁让自己总对他抱有希望呢。

可结果令她太心寒了！近两个月时间，他一个电话没有、一个短信没有，就像在他的世界里，从来都没有她这个人一样！

直到这时她才彻底明白，郭亮，是一个多么吝啬的男人！

她细想起来，更觉得郭亮对自己一直都是特别吝啬的。

她灰心了。既然他那么计较对她的付出，她又何必浪费自己的感情呢。现在是节约型社会，处处都在提倡节约。人的感情也是有限资源，应该予以节约的吧。如果自顾自地一味倾泻，而又得不到及时回馈补充的话，总有一天她的感情也会枯竭的。

因为郭亮，依依已经没有了再爱的能力。现在的她，几乎成了一个爱无能者。曾经沧海难为水，可她所经的沧海，其本质到底是怎样的水她都不知道。那种强烈的失败感，让依依下定决心放弃他。

是的，依依要把他忘了。长痛不如短痛，对于他一直以来在她的感情世界飘忽不定带来的伤害，她终于无法容忍。

四年的时间，依依的热情早已被郭亮的"以不变应万变"一点点地消耗掉。直到这天，她突然发现，她连温暖自己的能量也没有了！

依依觉得以前的自己在郭亮面前，就像一个不会思考的木头人，这么多年习惯性地对他好，可他对自己的不屑就像一把毫不留情挥舞过来的利剑，一次次地准确击中她，把她的人、她的心伤得支离破碎！等她感到强烈的疼痛时，她早已不是原来的她了……

她记得很清楚，郭亮的最后一个消息，问她出了什么事，怎么突然不理他了。

呵，他说得很轻巧，突然。她的决定对他来说是突然的吗？

也许吧，她对他已经迁就得太多了，她迁就他，几年来已成习惯。而他对她的伤害，也早已成了习惯。

在这个感情仍有凌厉杀伤力的时代，他无视她的感觉，一次次淋漓尽致地伤害她，他对她的忍耐早就无所谓了。

他没有想到的是，凡事都有个度，过犹不及。也许一个不能称之为事件的事件，就会加速那个早已注定的结果到来。

哦，也许之前她从来没有想过和他发展下去的结果吧。那个结果，于他，于她，都是太渺茫的事，他们没有足够的心理准备，来面对不可知的未来。

其实她和他之间，很多东西早已变得脆弱无比、不堪一击。

记得一部电影中，一辆失控的汽车冲到悬崖边停了下来，前面的车轱辘悬着，让人的心也跟着悬着。这时，一只小鸟飞过来停在了车头上，那辆车，在人们的惊呼声中掉下了悬崖。

依依和郭亮之间到了后来，任何一点事情，都有可能是那个看起来是诱因的小小鸟。

于是在依依的战战兢兢中，她和郭亮终于走到了今天这个地步。不再联系，慢慢地变成陌生人，迎面走过连眼睛也不眨一下的陌生人。

是不是刻意的逃避，已经在无形之中预示着她对他的不能忘怀？为什么，依依还是会不由自主地想起他，清楚地记得他？

可能人的思绪也是有习惯的吧，对于一些决定忘记的过往，总会这样才下眉头，却上心头的。但依依绝对不会告诉他：想要忘记你不是很容易的事……

女孩也许不明白，她的付出擦不出火花来，并不全是男孩的错。

亲爱的女孩，你以为你执拗了、你投入了，就会收获爱。

其实，你不会制造一个空间，让男孩跨过这个空间吗？

你不会制造一些东西，让你在他心里长出记忆吗？

你开始就已经让他习惯，这一点，也是你的错。

你在他乡还好吗

再有两个月就到"十一"黄金周了，他习惯性地打开电脑，进入各大网站的旅游频道进行浏览。现在旅游业竞争很激烈，他想开辟几条新线路。

他发现了一个外省景点，这个景点是最近被推出的，在几个大网站的首页上都有标题简介，哦，居然还有视频。

他点开视频观看，画面中，这个景点看起来真是蛮不错的，还有节选出的导游的讲解。

他突然觉得那导游的声音特别熟悉，熟悉得让他有些恍惚。就在他愣神之际，镜头里闪出了导游的脸。那是一张他无比熟悉的脸，他的血霎时就要凝固了。

是的，那是欣茹！从来不需要想起，永远都不会忘记的欣茹！

欣茹看起来几乎和七年前没什么变化，还是一脸恬淡的笑容，但那样的笑容让他那么心痛！

欣茹浅浅地笑着，娓娓地讲解着，她似有一种化腐朽为神奇的力量。那个还不太为人知的景点，就在她的讲解里一点点地闪亮起来。

七年过去了，他好不容易才从欣茹的好友那里得知，欣茹远远地去了外地。除此之外，他对欣茹的情况一无所知。

当年，欣茹就那么不经意地淡出了他的生活。他想要为她做一些补偿，可是，他始终没有机会。

想起上旅游学校时，两人是多么快乐的一对儿。他活力四射，她清纯可人，大家都以为他们会幸福到老的。

毕业后，在近半年的时间内，他都是一副怀才不遇的样子，在当地一个小景点没精打采地混着。工作太难找了，他只好先在那样的小景点做讲解员。那样波澜不惊的日子，离他想要的风生水起精彩纷呈的愿望实在太远了。

欣茹在离他颇远的另一个小景点工作，两个人难得见上一面。其实欣茹的生活也不像她说的那么舒心，可是，每次见面时，欣茹给他的都是笑容。

可再好的笑容也化解不了他心中的落寞。

半年后，他所在的小景点来了个新同事小雯。初中毕业的小雯在那里不干具体的工作，只是挂个名、领份工资而已，可人们对小雯却是客客气气的。

　　小雯似乎对他很有兴趣，对他热情得都有些过头。而且为了他，开始坚持每天报到上班了。

　　在那个偏僻的小景点上，游客向来不多，工作人员常年面对的通常是数得过来的几个同事的面孔，所以人是很寂寞的。于是渐渐地，他对小雯的热情就有些半推半就了。

　　可在他无意间得知小雯的姑妈就是他们旅游局的局长、女局长对小雯这个唯一的侄女宠爱有加时，心理慢慢地就起了变化。他觉得这是上天给他的一个机会，很快他由被动变为主动。

　　后来，他调到市区旅游局机关工作，欣茹才知道了这件事的缘由。而那时，他早已和小雯出双入对了。

　　人们是同情欣茹的，但欣茹什么也没说，一样上班下班，一样兢兢业业地工作，波澜不惊。

　　起初他不好意思找欣茹解释什么，小雯看他也看得很紧，慢慢地，他和欣茹就失去了联系。

　　直到他和小雯结婚的时候，小雯似乎想炫耀什么，特地给欣茹下了请帖，可是，得到的消息是欣茹早已经辞职了。

　　小雯感觉有些过意不去，和他轻描淡写地提了一次，他看似无所谓地应了一声，心里很不是滋味。

　　婚后不久，他辞了职，在姑妈的指点下办了一个旅行社。生意一天天做起来，是很忙碌的，不过有姑妈的照应，收益倒是很可观的，他在事业成功的同时心理上得到了莫大的满足。

　　只是，他想起欣茹的时候，心里总是空落落的。他不知道欣茹在哪儿，他也无法表达他的歉意。

欣茹从未在人前说过他的任何不是，好像从未与他相识过一样，好像他们的生活从来都没有一点关系。欣茹就那么悄悄地走了，走了以后就再也没有回来。

他明白自己的背叛对欣茹的打击，清新的欣茹当初在学校是有好几个追求者的，其中不乏有钱有势家的子弟，可是欣茹单单选择了他。欣茹以为他会给自己带来幸福，没想到最后还是落了个形单影只。

他能说些什么呢，说年轻时不懂爱情吗？

一年年过去了，他和小雯在这个城市里过着很风光的生活：有房有车，有蒸蒸日上的事业，有成群的朋友，志得意满。

只有他自己心里清楚，他和小雯的婚姻已经名存实亡。

也许，他们正应了人们常说的"七年之痒"，婚后小雯的粗俗、小雯对他父母的不敬，以及小雯对他的出言不逊都让他无法容忍，小雯对他的疑神疑鬼跟踪追击也让他大失脸面。

他只是可怜他的孩子，孩子不到三个月就被断了奶，见到妈妈的时间还没有见到保姆的时间多。孩子性格明显内向，不喜欢妈妈，也不喜欢他这个经常不着家的爸爸。

他越来越觉得小雯在他的生活中是那么陌生，小雯现在成了美容院、健身房的常客，要么就是去逛商场，要么就是泡在麻将桌上，她和一帮全职太太们以她们的方式打发着日子。

他时常在想，要是他和欣茹在一起，会是什么样子呢？

视频画面中，欣茹还在讲解着，说那个景点会有野菊花在"十一"期间满山开放，到时会成为一道特别的风景。

菊花，菊花，它多像欣茹的人啊，人淡如菊，却自有尊严与美丽。

他注意到，视频介绍的字幕上，欣茹的名字前面打着"景点负责人"。欣茹也干出了自己的事业。

他可以想象欣茹的不易，一个没有任何社会背景的女孩子，要经过怎样的努力才能得到这样的成功啊。

他也能够想象欣茹心里的创伤，而且，这一切都是他造成的！

他很想知道，可是他知道自己没有资格再问："欣茹，你在他乡还好吗？"

年轻时我们盲目追逐的很多东西，到了一定年龄时就会发现，那些都是身外之物，是我们的桎梏。

而年轻时我们轻易舍弃的很多东西，到了一定年龄才会发现，那些都是我们的氧气，是我们幸福生活的根本。

我们都会承诺在一起

再深的誓言，也会败给兑现不了的承诺。

你欠我一个拥抱

"请柬送出，宴席定好，盘头化妆的美容美发师也已联系，一周后，我要和阿浩结婚了！"电话里，小雪兴奋地和我说道。

"哦，你日记本里的那个人呢？"我捂着手机，轻声问。

"我打算翻篇了！"小雪好像焕然一新，连声音都变得清脆了起来。

这个温柔的妹子终于要嫁出去了。

曾经在小雪的日记本里，写过这样一些话，她曾在独自一人哭泣的夜里给我读过：

宁昕，我真真切切地爱过你！你是我曾用心爱过的男人，我曾用心记住你的容颜。

我也恨你！我们之间这份不现实的感情延伸得太久，你不该给我无谓的希望！

宁昕，你说和她没有爱情，你只爱我，可我不能当她不存在，你们是有一纸婚约的！

而且，你父亲今天明白地告诉我，没有你的岳父就没有他坐的那把交椅，也没有你现在的职位，你当初放弃我，并没有人强迫你！

好了，不再说了，你有你合法的妻子，我也将有我的丈夫，我们之间，该彻底结束了。

对于你，我只当是做了一个长长的梦，梦醒了，我的生活是要继续的，但以后出现在我梦中的，只会是我的爱人了！

未来的爱人，请给我勇气，我要和那个不属于我世界的宁昕永别了……

凌晨三点多钟，手机响了，我有一种不祥的预感。

是小雪打来的。

她说阿浩把婚礼取消了！

阿浩说，他不能想象和一个同床异梦的人生活一辈子，他没有那样的心理准备。

阿浩还说，那枚钻戒本来是为婚礼准备的，可现在没有意义了；而当时是她试戴挑选的，只对她合适，他已经寄出送给她了。

小雪喃喃地说，她的婚礼真的没有了。阿浩已经坐上车，跟一批教育志愿者去了遥远的山区，他要支教三年。

　　阿浩走了。我有些缓不过神来，小雪就这么失去了他，失去了自己努力寻找的爱情吗？

　　爱情应该是两厢情愿的事，而小雪是最可悲的。以前，她曾经爱的人断然地放弃了她，现在，她要全力去爱的人又绝望地离开了她。

　　这些年来，小雪到底找到自己的所爱了吗？在此之前她从来没有这么认真地想过这个问题吧，尽管为此她已经错过了很多很多。

　　我小心地陪在小雪身边，她说自己哭不出来，只有一种痛碎心的感觉包围着她，因为她现在什么也没有了。

　　朋友们陆续来了，大家都在劝慰她，但有谁来安慰她的灵魂呢？

　　阿浩临走也不会知道，其实小雪是爱他的，爱到了那时，才洗却铅华至纯至美地出现。

　　可是有多少爱可以重来？

　　做错了事，是要受到惩罚的，上天永远很公平，每个人都要为他的错误行为付出代价。小雪说，她的代价就是背着自己内心的谴责，用痛苦为曾经的过错赎罪。

　　大家都小心翼翼地看着她。她拿出阿浩寄来的白金钻戒，泪水模糊了她的双眼。她抽噎着，把它戴在了左手的无名指上。

　　据说这里直通心脏，阿浩他知道吗？

　　等小雪泪眼婆娑地抬起头来，看到了汪叔和兰姨憔悴的脸，他们是阿浩的父母，一直亲小雪爱小雪。

小雪说之前宁昕还打来电话，他满是愧疚地说："小雪，是我对不起你们大家！"

可是，这话现在还有用吗？

小雪应该坚强，什么样的结局她都得承受，她谁也指望不上。以后，她得照顾好自己，也照顾好阿浩的父母，陪他们等到阿浩回来。

小雪站起来，摇晃着走向两位老人："这枚钻戒，能让我留个纪念吗？"

老人们点点头，小雪迅速地离开了。

她关掉了手机，开始按时上班，忙的时候也加班，不忙的时候隔三岔五地去看看汪叔和兰姨。

没有爱情的日子过得真快，半年时间过去了。对于感情上的事，我以为小雪已经能够淡然处之了。

可有一天，小雪很意外地接到了宁昕的死党阿兵的电话，他是绕了好多弯儿才和小雪联系上的："小雪，去看看宁昕吧，他家里出事了。"

小雪的心一下子提到了嗓子眼儿，她还是在乎他的啊，虽然他一直没有给她想要的生活，虽然他最深地伤过她……

她赶到宁昕家里的时候，不由得惊呆了。这个曾经显赫一时的家庭，如今被一种崩溃的气息包围着，宁昕的岳父和父亲都被双规了，那个苍白得让她心疼的宁昕，现在成了这个家的主心骨。

可是，他真的能主宰自己的命运吗？客厅的地上，大大小小的婚纱照扔了一地，像是宣布着一种解体。

小雪为他感到悲哀，也为自己悲哀，他牺牲感情保全的东西，还是不能长久啊。

他现在的样子，像极了一个再也输不起的孩子，可怜兮兮的。他用一种陌生的温柔看着她："小雪，你还是来了，谢谢你。"

他的柔情让小雪恍惚，她甚至在想，他们是不是要重新开始了？可是，她能够重新接受他的感情吗？

经过这么久的磨难，他们的感情还能够修复吗？

除了阿浩，有多少人值得等待？

小雪承认，她爱过宁昕，阿浩其实也知道。但阿浩清楚，宁昕并不能给她一个感情的归宿，他还有机会。

阿浩耐心地等待小雪爱他的那一天到来，他为了感情宁缺毋滥，他一直想得到一种有尊严的爱、一种诚挚的爱。只是，小雪明白得太晚了。

说实话，阿浩现在已经在小雪心中了。

可是，她又不能欺骗自己，她已经原谅宁昕了！

宁昕沉痛地说："对不起，小雪，其实该离开的那个人是我。"

小雪大叫："不，其实最该离开的，是我，是我！"

宁昕把小雪推出门去："以前我有权利爱你的时候我没有，现在，我已没有任何资格了。你的决定没有错，像我这样一个自私的人不配你爱，你选择阿浩是对的。"

八月的一天晚上，汪叔焦急地打电话给小雪，说兰姨突然昏厥，好像特别严重。小雪嘱咐千万别动她，把门打开等着，然后立即拨打了120，告知了病人的具体住址，她也打车直接赶到市急救中心去，把兰姨的病情向当班的急诊医生先行说明了一下。

因为抢救及时，兰姨总算脱离了危险。

当晚因为害怕，汪叔曾慌慌张张地打电话给阿浩，可是情急之下说不出话来。

阿浩觉得蹊跷，一直追问，小雪怕他担心，示意汪叔有自己在呢，不要对阿浩多说。

汪叔总算镇静下来，对阿浩说妈妈想他了，让他有空回来一下，白天怕他忙不敢打，所以才在晚上打的。

后来，兰姨渐渐康复出院了，小雪坚持每天下班后去看望她，为两位老人做做饭，陪他们说说话。兰姨经过这场病，更是经常念叨阿浩。

一天，小雪正做饭，汪叔进来把他的手机递给了她，说是阿浩的电话。

听到他久违的声音，小雪一时不知说什么好："阿浩，放暑假了吧？"

阿浩淡淡地："是的。不过我要给学生补课，暑假就不回去了。"

"可是兰姨想你，她前些天病了，虽然现在好了，可你最好回来看看她。"

阿浩急了："什么？病了？我说家里的电话前些天老没人接呢，妈妈的病要不要紧？"

"别担心，兰姨她已经好多了。"

第二天下午下班后，小雪又到超市转了转，给兰姨买了些东西。这次，跑过来开门的竟是阿浩！

他还是回来了。

在过厅，他低低地说："小雪，谢谢你，我听邻居们说，我走后，是你一直在照顾着家里。"

小雪什么也没再说。

什么时候起，小雪和阿浩之间，已经到了彼此需要客气的地步？

小雪为兰姨做了一些清淡的饭菜，照顾她吃完饭，又吃了药，就扶她回卧室躺下了，陪她说着话。

阿浩也进来了："对不起，妈妈，家里发生这么大的事我都不知道。"

兰姨爱怜地看着他："说什么对不起呀，我们不想你太担心，你出门在外不容易。"

兰姨又看了看小雪，轻轻地叹着气，把阿浩的手和她的手拉在一起，叠在一块儿。

阿浩已经不属于她了，他的手依然宽厚、依然温暖，可是，那温暖不会再化解小雪心中的寒冷了。

小雪悄悄地想要抽回手去，阿浩在她的手离开他掌握的一刹那，悄悄地想要握住她。

小雪想，我对不起他，我会用我的余生来弥补；可现在，我和他已经不能再说爱了。

小雪要走了，阿浩送她下楼。

"好了，不用再送了，还不是太晚，我赶得上末班车的。"

阿浩走近她："就这样走了，不和我握个手吗？"

她伸出手去。阿浩紧紧地握住她的手，攥得她手疼，她忍着没吭声。

他叹了一口气，松开了："骄傲的家伙！老等着别人向你妥协吗？"

他的话让她心酸不已，她还有什么可骄傲的？她还有那样的资本吗？这世上还有人比她更失败的吗？

"再晚就赶不上车了，我真得走了。"她垂了垂眼睛，"阿浩，忘了问你，你这次什么时候走？"

"看到妈妈没事，我也就放心了，我准备明天就回去了。山区的孩子求学太难，他们基础太差，我得抓紧时间给他们补课。"

她倒退着离开："好吧，那你早些休息，明天我送你。"

阿浩有些气恼地叫起来："小雪，你就不想和我说些什么吗？"

她向他挥手："哦，家里你放心，我会照顾好的。"

"还有呢？"

"还有？你自己也保重。"

阿浩向前追了几步："小雪，你不想为自己说点什么吗？对我，你再没有什么要求了吗？"

她还能要求什么，她那么深地伤害过他，现在，在他疗伤的日子里，她还能对他要求什么？

她摇了摇头。

"小雪，我希望你对我提要求！你有权利这样做的！"

她什么权利也没有！

在昏黄的路灯下，她再一次仔细地看着这个又将离她而去的阿浩，就像看着又将渐渐离她而去的幸福。

送阿浩到长途汽车站，在熙熙攘攘的人流里，他从容地又一次拉起小雪的手，这次她没有挣脱。

快要发车了，她向阿浩挥手，她就要这样埋葬心中无法言说的爱了。

阿浩跑下车来："小雪，把属于我的还给我。"

"哦……"她摘掉那枚钻戒，她曾经经常对着它诉说她的歉意。

阿浩收起的那一瞬间，她觉得自己把幸福交出去了。是啊，他不必再为自己苦恼了，会有另一个女孩接过阿浩的幸福戴上它的。

"小雪，再好好想想，你还欠我的！"

真没有了，阿浩的工资只是她的一半，平常和他出去时她很少消费的，总怕他尴尬。

阿浩叹了口气，他用大手抚着她的短发："小雪，我发现你真的很笨呢，至少，你还欠我一个拥抱啊！"

在相拥的一瞬间，小雪的泪流了出来，阿浩的泪水也悄悄地滴在了她的脖子上。小雪感觉到那来自严寒地带的冰雪，在悄悄地融化。

司机按着喇叭在催了，阿浩掩饰地搓了搓脸，又为她抹掉眼泪，就匆匆跳上车去了。

车开动了，小雪看到阿浩推开车窗，扬着什么东西："小雪，等我春节回来！按规矩，这个我要亲自为你戴上！"

阿浩当初放弃了不属于自己的爱，把自己清空，再从头开始。

这也是一种勇气，只有放弃后，再真正拥有时，才会踏实。

感情是神圣的事，没有谁会想要做人的备胎。只有放下过去，真心去爱，才能赢得"下一个春天"。

爱你是我最幸福的事情

我管老公叫丁冬，嘿嘿，这名字不是公公婆婆给他起的，是我给他起的。

我工作的地方离家比他近得多，下班总比他先回来。而此主几乎从来想不起用钥匙开门，特喜欢把自己搞得像个来访的客人，礼貌地按响门铃，捏着腔大声伴奏"叮咚，叮咚"，很多时候能以真乱假。

回家后我本来穿得休闲舒适，听到门铃总害得我穿戴整齐、面带微笑前来开门，唉，上当N多次，郁闷。

一次，老公开车时收听电台有奖竞答，连着答对了四道脑筋急转弯题，我吵着和他一起到广播电视中心广告部领取奖品去。

报了手机号，兑奖处的小姐问他叫什么，我在边上毫不犹豫地替他回答："他姓丁，叫冬。"那丫头就憋不住地笑哟……

一出门他就跟我没完："只听说过有女人嫁到夫家后改随夫家姓的，没听说女人替自家夫君改姓的！"

不愿意也是白不愿意，反正以后我就叫他丁冬了，而且现在这个名字在朋友圈里广为流传。

丁冬曾骄傲地向他的小师弟们宣称，自己毕业不到两年时间里，取得了人生最重要的两证：一是结婚证，二是驾驶证。

他太爱玩了，尤其爱玩车，毕业后他很快抽时间上了驾校，考了个驾照回来，从此如鱼得水，买了一辆二手切诺基，优哉游哉地畅游快活林。

我乐不起来，我见到过他的一沓加油票据。我的天啊，那耗的不是油，那生生地耗的是张张百元大钞啊。

自从有了车，我在每周五中午时还能看到他，晚上他就没影了。他早和一群臭味相投的伙计们，定个路线开溜了，直到周一凌晨才会嬉皮笑脸地回家，上赶着要送我上班去。

最可恼的是，他只要出去，连一个电话也不往家打，你要给他打吧，那毫无疑问一概是"请您使用手机呼"。

这家伙，他总让我担心得失眠！我也和他吵过闹过，可他是兵来将挡，水来土掩，理论是夫妻之间要讲个情调，小别胜新婚。总之他是该不回家还不回家，我行我素。于是，每当听到单眼皮美女林忆莲的那首《爱上一个不回家的人》，我心里就特别不是滋味。

那群玩主的太太们，可讹上我了，整天找我控诉，说丁冬带坏了他们老公，她们找我要人呢。

天，我找谁要人去？我其实也挺爱玩的，可丁冬出去从来不带我，说带我太麻烦。一旦出去我也和他联系不上，我哪知道他人在哪儿啊，冤，忒冤，我可比窦娥还冤啊！

末了，我只好出面请大家吃饭、美容、做头发，再听她们一通诉苦才算了事，我对丁冬那个恨哪！

住我们楼上的琳玉却不依不饶地要我还她新婚的老公。其实她也别说，丁冬他们总玩儿失踪，还就是她老公大伟挑唆的，大伟那人，煽动能力一向奇强。据我们丁冬说，他一说哪儿好玩，能说得让人立马热血沸腾、跃跃欲试。

我拗不过琳玉，也觉得总这样也不是事，于是我邀琳玉组成了一个呼唤老公回家组合，相约以后遇机会共同行动。

好容易盼到五一，早想着利用七天长假和丁冬一起好好出去玩玩，可四月三十号晚上他根本连家都没回！

琳玉那边哭天抹泪的，我真要气晕了，但还是劝她：忍耐，忍耐，再忍耐，黑暗即将过去，黎明就要来临。

琳玉说大伟的手机倒是开着的（毕竟人家是新婚嘛），可通了就是不接，唉，好歹也比我们丁冬强啊。

我告诉琳玉，这次假期时间长，我估计不到五月七号晚上他们不会回来。从现在开始再也别给大伟打电话，一个也别打，然后如此这番进行交代，要她一定全力配合，七号晚上泡吧去。

果然，那天晚上快八点半时，我和琳玉先后不差二十秒接到老公的电话，我家丁冬一副本要仁慈地给我一个惊喜却落空无趣的愤恨："我说你个臭娃娃，这么晚了你在哪儿呢？琳玉和你在一块儿吗，大伟可在咱家等着呢。"

我想琳玉接到的电话内容肯定和我差不多，就赶紧给她使了个眼色。

琳玉明白："哦，大伟吗？回来了？我啊，我和娃娃在一块儿啊，这几天没什么事啊，这不正和大家玩呢吗？"

我一副玩兴正浓的样子："哦，丁冬啊，我以为你明早才回来呢，这就回来啦？没啊，什么不愿意你回来了，我，也没干什么，没有没有，没发癔症，我们，和朋友在一起呢。"

这时，刚好有个一脸风流相的男士从我们身边走过，盯着我和琳玉看。我和琳玉立即达成了一种默契，两个人同时向他眨了眨眼睛，那男士一副被艳遇当场袭击的样子："嗨……美女！"声音之大之肉麻，让我和琳玉同时浑身打战，鸡皮疙瘩竖起。

电话那端人可炸了："在哪儿呢究竟？和谁一块儿呢？刚才叫你的那丫是谁啊？告诉他，让他麻利地滚远点，再多待一分钟我赶去抽他！"

目的达到了，我和琳玉怕笑场，立即挂了电话。

我俩优雅地站起身，那个抖擞精神想左拥右抱的家伙热切地看着我们。我和琳玉目不斜视，从容地从他身边走过。

走到他身后，我对着一个刚走进来的小妹，热情地叫道："你一进来我们可就看到你了。"

小妹一副迷惑的样子，当然我们本来就不认识她，我贴着她的耳朵低声说："你可真漂亮！"

听到同性这么夸她，那小妹立即满脸放光，激动得频频点头，准备和我们开聊。我怕穿帮，立即大声对她说："我们有事先走一步，回头再聊啊。"

我悄悄看了看那个男子，他可能真以为是自作多情了，尴尬地笑着，讪讪地走开了。

我和琳玉走出酒吧就笑得说不出话来，俩人站门口笑啊笑的，眼见得已有几个人好奇地停下脚步，围着我们左看右看、上下打量。

我用肘部碰了碰琳玉，她收敛了笑容。我们轻轻地咳了一声，背了一脊梁的眼睛，严肃地离开了。

等我和琳玉回到家，两个脸色铁青的男人已经候着了，还好没有当场发作。

琳玉和大伟走了，只剩我和丁冬了。

我走进卧室，快乐地哼着小曲，换上性感的新睡衣，对着镜子左看右看、左转右转，摆出一个个能把人媚死的造型。我用眼角的余光看到镜子里丁冬的眼里冒着火，咬牙切齿，我装作没看到，步履轻盈地扑上床去，用比以前温柔一百倍的声音对他说："好了，亲爱的，该休息了。"

丁冬气急败坏把门摔得山响，我只当没听见。

又到周五晚上了，我注意地听着，还真听到了开门声！

我立即拿起手机旁若无人地发嗲："明天早上你来接我吧，反正你不有车方便吗，我老公啊，他不会在家的，他肯定早出去玩了，没事。"

丁冬逼了过来，我装作刚发现的样子："我挂了，以后再说。"

他想抢我的手机，我绷起脸："干吗呢你，偷偷摸摸的，回来也不吭声，你周五晚上可没回来过啊，这样会吓到人的知道吗？"

丁冬开始语结："我……我……我，我没听说过回自个儿家还要先跟老婆打招呼的！"

我迅速对着手机摆弄半天，他在边上急得乱转："你就删吧你，我能把通话记录调出来的，我看你能瞒多久，等我有了证据，你就死定了！"

我不理他，开始拿出他的旅行袋给他收拾东西，他气得直叫："这么盼我走啊？！"

我一脸无辜的样子："替你收拾东西还有错了？你不是老说我拖你后腿吗，我积极点表表心意还不行啊？"

丁冬倒在床上，一副被气晕的样子。

周六上午，我不到六点就弄出很大动静起床了。昨晚我听到丁冬悄悄和大伟他们联系，说六点半左右出发，到一个什么水库钓鱼去，这些人，死性不改！

我开始认真地化妆，时不时地对着化妆镜做电眼，然后把衣服一套一套地拿出来在身上比试。

丁冬早醒了，一语不发盯着我看。

我穿好衣服，化好妆，就开始看表，一会儿一看，两会儿一看，听到他带着情绪在那儿翻来覆去，我转过脸来，很奇怪的样子："唉，你今天不出去啊？"

丁冬恶狠狠地："不出去了！"

这时，楼下响起汽车喇叭声，我立即打电话让琳玉下楼，然后边向外走边开心开怀地笑着："那我可出去了啊。"

等我在门口低头换鞋的时候，扫见丁冬从卧室蹿出来，面目狰狞地冲我做拳击状，我心里那个乐呀……

出得门去，看到琳玉也是一副花枝招展的样子，后面追着个苦大仇深的大伟，大伟还穿着睡衣！

我和琳玉亲亲密密地走下楼去，留下两个男人可怜巴巴地站在楼梯处。

在楼下，年轻标致的司机做着优雅的姿势，殷勤地请我们上了车。

透过贴着太阳膜的车窗，我和琳看到三楼我家的窗户那儿伸出两个脑袋，呆呆地张望着。

我们微笑着关掉了手机，车徐徐地开出了小区。

周日晚上，快到十一点时，我和琳玉每人嘴里含着一小口白酒，然后回家去。

我们上楼时故意吵吵嚷嚷地，到家门口，我拿出钥匙，呼呼啦啦装作拿错钥匙开不了门，大呼小叫。

门开了，我和琳玉一副要跌倒的样子冲进屋去，立即听到一声悲鸣："瞧见了吗，看我们担心什么啊，她们多逍遥啊！"那是大伟。

他扯过琳玉："回家！！！"

我摇晃着回到卧室，仰面倒在床上，眯着眼睛看到丁冬进来。我开始甩脚上的高跟凉拖，其中一只正直朝他飞去，他闪开了，也随即扑了过来，要掐我脖子："交代！干什么去了这两天，为什么把手机也关了？"

我不胜酒力的样子："别闹了啊，我太困了，两天没好好睡觉了。你和大伟什么时候回来的？玩得开心吗？我告诉你，我可是玩得很开心，可那个谁太磨人了，她自己身体素质好，以为我们也吃得消呢，两天都没怎么让我们睡，要耗死人了。"

丁冬突然不再说话，过了半天，声音凝重地问："他是谁？"

我口齿不清地嘟囔着："那不就是老谁家的小谁吗，就那两个，有钱有势的。"

"啊？不止一个啊？！"

"本来他们就是两个人啊。"

丁冬把我扯了起来："对，你和琳玉也是两个人。来，说清楚点，到底怎么回事？"

我一副要崩溃的样子："求你了，丁冬，让我睡吧，我要困死了。明天，明天什么都告诉你，好吗？"

丁冬悲壮地点了点头，拿起枕头到另一个卧室睡去了。这家伙，准备跟我分居呢！

美美地睡到周一早上六点多醒来，我发现丁冬坐在床边。

我一副不开窍的样子："把牛奶热一下，我们简单吃点，赶紧上班去，啊？"

丁冬很沉痛："你全忘了？"

"什么啊，忘了什么？"

"你不是答应我今天起床后什么都告诉我吗？说吧，我有思想准备。"

"我说什么了？告诉你什么啊？没什么要告诉你的啊！"

丁冬气急败坏，咬着牙打了一个电话："大伟，你那边怎么样，招了没有？也没有啊？我们今天都别上班了，一会儿你下来我有事跟你商量。"

我没理他的茬儿，收拾得油光水滑，叫上琳玉一起上班去了。中午我叫了外卖，也没回家吃饭。

下午下班后，我和琳玉又结伴回家了，没等到小区，电话几乎又同时响了，是两个暴跳如雷的电话："好啊，敢耍我们？！"

我和琳玉笑够了，做出淑女状上楼，大伟又是一把将琳玉拉走了。

我对丁冬做出微笑，却被丁冬一脸的冰霜冻结了。"坐下。"他严肃地说。

"干吗呢这是？"我问他。

"我问你，你和琳玉周末两天干什么去了？"

"没干什么啊，和朋友一起玩呢。"

"可那个车是一个富婆的，是她让司机把你们接走的，对了，我的天，你们到底干什么去了？"

我做出苦口婆心状："想哪儿去了，我是一个很正常的女人，生理正常，心理正常，既不是同性恋也不是双性恋，我啊，一切正常。"

"那你们，到底，干什么去了？"

"很简单，郊游去了啊，反正你们又不会带我们出去。"

丁冬有些惊喜："真的只是这样吗？"

"干吗要骗你？你不信我啊？"我把右手放在左胸前做虔诚状，"我发誓，我没做对不起你的事。"

丁冬一把将我拉坐在他怀里："你不知道这两天我受的打击有多大，我还以为……"

"你以为什么？"

他没再说话，我回过头去，看到他的眼睛湿润着。

我心里也酸酸的："丁冬，我以为你不再爱我了。"

丁冬紧紧地搂住我："怎么可能呢，以前我不用钥匙开门，我就是特别喜欢有你等在家里跑过来接我，我出去玩时手机设成手机呼，可是隔些时间开机时，知道你打过电话，我心里还是挺温暖的。真的，娃娃，虽然这一段你给我危机感，可我一直不相信你是那样的人，我没有看错你，你是我金不换的好娃娃！"

那一刻，我是：心……花……怒……放！

后来，丁冬在双休日开始陪我待在家里了，有时也陪我出去转转，可慢慢地，我发现他不开心。琳玉说她家里也出现了这样的情况。

我可怜的人儿！毕竟，友情也是不可取代的。

我又一次为他收拾行装，他有些紧张："怎么了，又想撵我走啊？"

"老待在家里也挺闷的，你还是和大伟出去玩吧。"

他得令后如释重负："也是，反正你在家我放心。"

"是吗？丁冬，你还是没打听清楚吧，那个富婆到底叫我和琳玉去干什么，你知道吗？"

"干什么？"

"她的公司有两个大客户，都是事业成功的中年男士，巧了，还就喜欢我们这些小家碧玉，富婆还让我和琳玉陪他们打过牌呢，说好输赢全算她的。还别说，我们手气不错，他们老是输，我们老是赢，啧啧，两天赢得比我两个月的工资还多呢。有这样的好事她要是再叫我们，我们肯定还去。"

"好啊，你……你……你，你不是醉翁之意不在酒吧？"丁冬就这毛病，一气就结巴。

"我什么意也没有，我就是想告诉你，小心点，我随时准备堕落变质。"

"好吧好吧，我哪儿也不去了，我就在家看着你，我爱你，也爱车，你是我的爱人，车是我的情人，可我终于弄明白了，鱼和熊掌不可兼得。"

我大笑起来："我是鱼呢，还是熊掌啊？"

"你啊，你是老虎，我惹不起的母老虎！"

我真乐了："哈哈，那你就是我的公老……哦，不不不，我的老公！我刚才是逗你呢，我可不是不通情理的人，你要去玩就去吧。"

丁冬欢呼雀跃："谢谢老婆！以后，我保证一月出去不超过三次，每次周六出去，周日回来，还有，就是经常打电话回家，给你报平安。"

乐得屁颠屁颠的他又换了个戏腔："小的先行探路，十一请娘娘起程……"

我警告他："你要是胆敢再玩蒸发密令，我立即通知你的候补到场！不信走着瞧！"

丁冬一声哀号："瞧，我娶了个什么老婆，老是这么算计我，你真是我的大劫！"

我眯起眼睛做陶醉状："丁冬，你是我的幸福。"

这样的爱情游戏，比那种斗气斗嘴要有情调得多，但不是所有婚姻都享受得了的。

关于小夫妻相处的作品很多，它们之所以受到追捧，是因为平凡的人们在琐碎凡俗的生活中，也往往有着这样那样的苦恼。

所以，这些苦中作乐的斗智斗勇也就权当借鉴吧。

我们都会承诺在一起

　　小鸥是我表弟庞逸的女朋友，他们在众人眼里蛮般配的。两人处了近两年半，本来都说好腊月办喜事的，可是最近，他们的矛盾一天天地激化，甚至发展到前几天，在他们一个朋友的婚宴上两人当众翻脸。

　　据说，庞逸气坏了，那天他冲小鸥发过脾气后，撇下她自己走掉了，任她在身后怎么追着叫也不搭理一声。当晚他没回家，也不知道在哪儿过的夜，总之无论小鸥如何焦急地打他的手机，他都始终不接。而且之后几天，他都躲着不回家，不和小鸥碰面。小鸥找到他单位，他得到信儿就从后门跑掉了。

　　小鸥眼泪汪汪地来找我，说她真不知道庞逸发的哪门子火。那天朋友们本来吃着饭有说有笑，气氛挺好的，他莫名其妙的举动不仅让她下不来台，也让大家觉得尴尬。她都不好意思再见他们了。

　　我不明白他们是怎么回事，只是觉得俩人即使有点矛盾，闹也闹过了，庞逸也不至于这么不依不饶的。

　　可庞逸从来不是无事生非的人，在亲戚之间出名地知书达理，依我对他的了解，他断不会突发无名火，一定有些什么事，是他不能容忍的。

　　目前他既然这么躲着，应该暂时还不想见小鸥，于是我打发小鸥先走后，叫庞逸来家里坐坐，想问清楚事情的起因，以便有的放矢，做好和事佬。

庞逸好像猜出来小鸥找过我，起初就是不愿意来，后来我急了："你是真不打算和她过了是不是？"他才不情不愿地磨蹭着过来了。

看得出这几天他的日子也不好过，头发乱七八糟的，衣服也邋遢得很，嘴上还起了一圈燎泡。他先是沉默不语，后来打开话匣子却止不住了，根本没有我插嘴的机会，满腔满调地全是一个字：烦！

"别人不明白怎么回事，难道她也揣着明白装糊涂？！我和她从来没有因为别的事起过矛盾闹过生分，回回都是因为她总跟人玩TM的暧昧！

"姐，我就搞不明白，她怎么那么喜欢和别的男人暧昧，而且有时候居然还当着我的面！凡是和男士通电话，动辄就称人家亲爱的，上网和人聊天，聊不上几句就语音视频的，在镜头面前风情万种！因为这个，之前我已经和她闹过几次别扭了！

"说实话，我对小鸥还真是恨不起来，是个明眼人都看得出来我很爱她。我们两个平时相处也很好，可是她的喜欢玩暧昧，让我越来越苦恼，这样发展下来，我甚至想过要和她分手，但我又舍弃不了她。

"因为小鸥除了那毛病，没有别的什么让我不愉快，她长得漂亮，嘴巴也甜，你也知道，好多人都说我爸太倔、我妈太挑剔，说他们两人不好相处，可无论他们说什么做什么，小鸥都从来不顶嘴不使性子，总是微笑。她常年从事医疗工作，卫生意识很好，即使被人讽刺为有洁癖的我，也说不出她什么来。

"我和小鸥上班都忙，下班后累得要死，我们的新房装修完之后，我本来是要请家政公司的人做清洁的，可小鸥怕人家做卫生做得不彻底，硬是挤时间自己一个人一点点做的。

"那些天她下了班就往新房跑，彻底清扫之后，她还以蚂蚁搬骨头的精神，把居家小物件一点点地买回来，把我们的小窝布置得很温馨。去过我新房的哥们儿，都说我们家的格调绝对不一般。我知道，那样温馨雅致的环境，全是小鸥的功劳，看她对我们的未来那么上心，我真是挺感动的。

"我想，她也是爱我的。可我就是不明白，我们两个都要结婚了，她为什么还是那么喜欢玩暧昧？！

"这次我的爆发是在她朋友的婚宴上，本来我不想去，我和她的朋友们也不熟悉，可她说要趁这机会宣布我们的婚期，免得到时再一个个通知了，硬要拉我一起去，我也就遂她了。

"是，大家本来都好好的，又吃又喝有说有笑的，可在餐桌上，她一直和那个挨着坐的男生做些暧昧的小动作，她揪揪他的领带，他摸摸她的头发，而且两人最后居然还喝起了什么交杯酒！你说我能不生气吗？我的脸都气红了，当时就起身走了，她在后面追了出来，嘟囔着说什么至于吗。

"我撇下她独自离开是有些冲动，这些天逃避着不理她也不是办法，可我也想了很长时间。我想，在她那样喜欢和人打情骂俏的前提下，我们的恋情还算恋情吗？她当我是什么？她想过我的感受吗？

"小鸥是一直在和我联系，想和我解释，可这真的没有什么好解释的，我也不想再见她。也许我们两个都需要时间好好想一想。

"姐，我真的不明白，她为什么一点也不顾及我的感受，就喜欢那样随意地和男人调情？她的言行举止真的就只是和人开玩笑那么简单吗？我理解不了她的所作所为！

"记得以前我们因为这些吵嘴的时候，小鸥总对我的想法和做法不屑一顾，还给我安了很多帽子，什么太没有风度、小心眼儿、大男子主义，什么太自私了、小题大做了什么的，我说让她换位思考，她竟然说如果她是我，她就能够接受！你见过这样的人吗？！

"我不知道该怎么处置这份感情，因为我到现在为止，还爱着她，虽然她令我矛盾和痛苦，她的一些行为令我反感。我们就那些问题，已经无法沟通，两个人总是各抒己见。如果经过一段时间的冷处理，她还是没有意识到自己的问题，不想去尝试改变的话，也许，我得考虑把这份恋情永久冰封了！！！……"

"庞逸！"我打断他，"不要轻易说出这样的话。你也明白，她是爱你的！现在的女孩都是家里的独生女，哪个不是娇生惯养的，哪个没有脾气？你得明白，她努力和你爸妈处好，就是太在乎你，不想让你为难！她操心你的衣食起居，精心布置你们的新房，还要当众宣布你们的婚期，你说她会对别人有什么想法？！你说的她那些问题，倒是明着问过为什么吗？"

庞逸激愤的情绪在一股脑地倒出心里的话后，慢慢地冷静下来。他想了想，说："她倒是说过的，她从小在陶瓷厂的大家属院里长大，那里年龄相仿的孩子多，男孩女孩都在一起疯跑着玩，可能因为这个，她大大咧咧惯了吧。其实当初喜欢上她，就是因为她和别的女孩子不太一样，性格比较豪爽，什么都不太计较……"

看他陷入沉思，我继续说道："我听你妈说你喜欢网购，该知道现在人张口就叫'亲'的，那都有什么暧昧关系啊？不要遇事不分青红皂白就发火，你倒是问清和她喝交杯酒的、和她语音视频聊天的都是谁啊！你真以为她是那么随便的人？！"……

庞逸走了。我给小鸥去了个电话，要她把误会给庞逸解释清楚，因为庞逸很生气，后果很严重。

小鸥带着哭腔说："他说了不算！我们说好的永不分手！其实我和那几个男生的关系和他说过的，他拉着脸根本就不想听，那个……"

"你和他说去。别人怎么劝都不顶事，只有他自己心里的疙瘩解开了才行。"

一周后，两人一块儿来我家蹭晚饭了。庞逸脸红着把我拉到一边："我和小鸥前段时间闹矛盾的事别和我妈说啊，你知道她嘴碎，我怕她说小鸥。"

"心疼了？"我笑问。

"咳！那个和她喝交杯酒的，是她小时候两家楼上楼下住着，家长们开玩笑订娃娃亲的。和她视频聊天的那个，是她大学期间暗

恋人家，却得知人家有女朋友了，她是给人显摆她现在过得很好
……"

"好了好了，我得做饭去了。记得对人好点！真是的，遇事不
要这么冲动，你以为你以为的就是你以为的吗？"我绷着脸教
训他。

他迷糊着想了一会儿，笑了起来。

在我做饭的时候，小鸥悄悄溜进来和我说话："姐，看来以后
我和庞逸闹矛盾，还得你出头！"

"饶了我吧！你们自己的事，以后自己处理。对了，你以后真
得注意点了，也考虑一下别人的感受啊。你想，要是谁和庞逸那么
起腻闹腾，你心里真的不介意？呵，别忘了，除了庞逸，还有男生
们的另一半呢，你可别给自己惹麻烦哟！"我提醒她。

"说什么呢？"庞逸听我们说得热闹，也跑了进来。

"说送你们什么结婚礼物呢！"我冲小鸥挤挤眼。

"其实，姐已经送了我们最好的礼物！"小鸥笑道。

当女孩把你带到她从前的圈子里，对你就是一种高度的认可。

她的所有行为都是向她的圈子显摆，表达她爱的幸福。

可是好多年轻人，有时因为爱，因为不懂环境、不懂心事，或
者即将步入围城，害怕在其中被磨灭了个性。

但婚姻是两个人的事，除了保护自我的个性，更重要的是要考
虑对方的感受。

这个冬天我染上了情流感

对别人来说秋天是收获的季节，我却只感到秋风扫落叶的残酷无情。从聚会的地方走出来，我心灰意冷。

我一味单相思的执着，真的令大伟厌烦了。这次他说得很明白，他说他对我只是青梅竹马的友谊，看他的样子，我想潜台词一定是："拜托，以后不要再烦我了，OK？！"

想起三毛写她的初恋，她说自己当初是求了哭、哭了求，可人家还是没有答应。我想，我的惨状应该和这个差不多吧。

我把遭遇的不幸怪罪到了家凡的身上，因为大伟的最后一句话是："我觉得家凡对你挺好的，你们倒合适。"

我打电话给家凡，我怪他，我说都是因为他，总是锲而不舍地表现得和我很亲近，大伟感觉不舒服了才会跟我掰的。

电话那端家凡听完我的咆哮，轻轻地叹了一口气："阿娇，其实你也明白，一个巴掌是拍不响的。大伟只是喜欢你，而你爱上的也不是大伟，只是你自己的想象和渴望。"

冬天了！秋天过去不就是冬天吗，我都快过傻了。

冬天是这么寒冷，虽然裹着厚厚的冬装、戴着棉手套、穿着严实的高筒靴，我还是觉得手脚冰凉。

我真的像琳所说是个冷血的人吗？琳总怪我，说我的感觉在家凡那儿短路了。

想起去年这个时候，我和大伟还有琳，聚在家凡的单身宿舍里，围着一个小小的电炉侃大山。家凡问大家："知道为什么手脚一暖和，全身就不冷吗？"没等我们思考，他就说出了答案："那是末梢神经在起作用！"

那天夜里，我收到家凡的短信："你是我的末梢神经，你温暖了，我才会特别温暖。"我看过后笑着删掉了，这个家凡，总是没有正经的。

在我感觉不到温暖的日子，待在有暖气的屋里，我还是感觉到无可抵御的寒冷。谁是我的末梢神经呢？大伟，他在温暖着另一个他爱的女孩子吧。不想了，想想就会心痛。

周末，七点半了，这个时候的夜生活才刚刚开始，我们那爱疯爱玩的一群一定在哪儿聚着吧，琳昨天就已经打电话给我，我又找借口推掉了。

我承认，大伟的拒绝那么深地伤害了我的骄傲。我终于知道自己也是脆弱的，我开始有些明白我一次次的拒绝给家凡带来的伤害了。

我没精打采地窝在沙发里看电视，琳的电话打来了，开口就是："失恋了也用不着这样啊，在哪儿呢，我带人过去聚吧？"

我赶紧回掉她："别，饶了我吧，不想看我的狼狈相就别过来。"还真是的，让人看到我现在的样子，以后"颓废"就成我的代名词了。

"切，有什么大不了的，至于吗？本来嘛，我就觉得家凡比大伟合适，换是别人，我早把家凡抢了，家凡那么好的一个人，你干吗总是视而不见呢，那可真叫奇了怪了！"

琳把电话挂了，突然没有了声音回响的屋子静得让人窒息。

唉，我至于吗？至于再这样下去吗？已经没有任何意义了，大伟已经烦了，我自己都烦了。他把他的女朋友带来给大家认识，其实我知道主要是给我看的，他在断我的念想，告诉我别再烦他了。

我和那个女孩比过，怎么比怎么觉得我比她强，各个方面！可只有一点，我在大伟面前没她自信，她知道大伟是爱她的，光这一点她就可以轻易把我打败。

她一定是听大伟说起过我，她在我面前的张扬让我觉得自己很可怜。是的，那天我看起来一定是可怜兮兮的。

是家凡让我脱离窘境的。他在和大伙逗乐："看到没有，阿娇还想替她大伟哥把关呢，怎么样，觉得你这个小嫂子可以吧？哪天我带队把追求你的加强连带来，让你哥和你小嫂子也帮你把把关啊，对了，你们顺便考察一下我啊。"

大家都笑了，大伟的女朋友有些不好意思，觉得自己也太如临大敌了。

大伟他们就这样粉碎了我的迷梦。

那不是一场真正的恋爱，那只是我的一场迷梦，我恋上的只是自己的想象。

面对一张满纸泼墨的抽象画时，有人把它想成了奔涌的流云，有人把它看作阴翳的森林，也许还有人把它想象成作者压抑的内心，这就是所谓的仁者见仁，智者见智吧，大家印象里的全是自己的想象。

记得看过一则小小说，某诗歌编辑部收到一份来稿，用工整的字体写着"日日日/月月月/明明明/日日月月明明/日明月明日月明"，立即选登并大加讨论，说这是诗歌界的清新流派。几天后，编辑收到那个作者的道歉信，说上次不小心把小儿的习字纸发来了，并随信把诗作正式附上。众编辑哑然。

我想了很长时间，终于明白，我对大伟，也犯了一个想当然的可笑错误。

家凡是那么散漫的一个人，和他在一起我永远紧张不起来。

记得去年的一天晚上他送我回家，待到要离开时他告诉我他喜欢我，我竟乐得笑出声来。家凡在那一刻有些尴尬，我记得当时我笑着说："收到！"

从那天起，家凡再也没有提起过此事，大家再聚会的时候，他依然会半真半假地和我说笑："既然大家说我是牛粪，我就和你这朵鲜花在一起吧。"经常是他乐，我们也乐。

因为大伟的拒绝，我消沉了很长一段时间，我觉得自己再也不会恋爱了。

那段时间家凡一直陪在我身边，后来我也想开了，既然我投入了可还是没有结果，我还在意什么呢？"世事我曾抗争，成败不必在我"。去TM的狗屁的恋爱吧！

我又加入了死党们的聚会之列。平时大家都在忙，双休日的时候我们充分地享受着单身的快乐。

我事先声明："谁以后要是敢拿大伟和我开涮，我可跟他急！"

家凡在一边油腔滑调地附和："就是，大不了拿咱俩开涮啊，你说，是不？"边说还朝我努了努嘴。

我抓起手袋向他打去，他接招的时候抓住了我的手，认真地握了握。

我的心里没来由地一动。

下班了，家凡打来电话："我可以请你共进晚餐吗？"隐隐地带着一些渴望。

"看我笑话呢？我不要人陪！"我恶声恶气的。

他仍在电话那端嘿嘿地笑着，把我笑得没脾气了。

记得琳向我嘟囔过：这世上的事真的是奇妙得很，卤水点豆腐——一物降一物。家凡那么一个对什么都无所谓的人，竟然会对你正经八百起来。

我还能指望谁呢？琳忙着谈她的恋爱，看到我只会要我分享她的幸福，只会刺激我，她不知道她一脸的幸福是建立在我的痛苦之上的。

琳总说我太死板，说我非要吊死在大伟那棵歪脖子树上是我的过错，我的痛苦是我自找的。

这臭丫头，狠起来怎么那么狠呢，一点也没有为朋友两肋插刀的义气，总跟我念叨大伟和他女朋友才是绝配，不知道我听了有多心寒哪。

也就是家凡，关心我可从来不给我一点压力。我需要他的时候他会及时出现，而一般情况下他从来不会不请自到。

在这个世界上，还有谁会对我这样呢？那些我心痛的日子里是家凡一直在听我唠叨。

我说我和大伟从小到大两小无猜，我说大伟一直是我的骄傲，大伟的球打得好，大伟读的是一本，大伟在单位是骨干……

记得那时家凡冷不丁地说过一句："他再好也不会是你的。"

为这个我还跟家凡急过。其实那时大家是旁观者清，大伟对我根本就没有那方面的意思，只有我一个人当局者迷了。

大伟从来没有考虑过我的感受，总是我在迁就他，他说不喜欢女孩子短发，我就花了两年的时间留起长发，每天花费很多时间去打理，可他并不领情，笑话我说看到我就会想起"黄毛丫头"这个词。

只有家凡记得我的喜怒哀乐。我说喜欢吃家常小炒，于是聚餐的时候他往往会安排在飞乐小厨或阳光小店，而且会预订靠窗的位置，因为我喜欢。我的皮肤到冬天的时候特别容易干燥，几年来都是家凡为我带来保湿化妆品，他说是单位发的福利，琳每次都说：

"谁信啊？！"

我信吗？我也不信。其实我一直在逃避家凡的关怀。这个世界上的感情本都已经太脆弱，我又何苦为难家凡，也为难自己呢？

天气真是一天比一天冷，这两天最低温度已经是零下九度了，匆匆走在路上，看着偶尔路过的情侣们，女的被男的细心地呵护着，真是让人嫉妒。

说起嫉妒，想起琳刚才电话里叫着她才嫉妒："你有什么好的，值得家凡为你这样等待？！"

来到家凡的宿舍楼下，给他打了个电话过去，接通电话的那一刻立即感觉到他的关怀："阿娇，在哪儿呢？"他的声音带着些鼻音。

我一边跺着脚一边回话："我在你楼下呢，你怎么了，感冒了吗？"

家凡半天没有说话，再说话的时候声音怪怪的："等着我，我就下去！"

家凡很快下楼来了，可却远远地站着和我说话，他说自己感冒了不想传染给我，还自问自答了几句：流行的就是好的吗？不一定，因为流行感冒就不好！

家凡要我上去坐坐，我说不必了，本来是想和他一起走走的，可他不舒服就算了。

家凡笑着说："没关系，以毒攻毒呗。"

刚才他是匆匆跑出来的，我看他把领子往上拉了拉，就把我的围巾摘下来给他围上了。

家凡有些不好意思："还是你围吧，我已经感冒了，你别也感冒了。"

"我愿意。"

"什么？"家凡好像不敢相信自己的耳朵。

"你的流感是情流感，我想被感染，而且对你的情流感不再有免疫力。"

家凡的眼睛湿润着，上前来把我慢慢地拥在怀里。

我的冬天，不再寒冷了，我有了自己的温暖怀抱了。

"阿娇，我特别希望现在下雪，"家凡抱着我，下巴抵着我的肩，"你不是最爱看韩剧吗，你说你也相信第一场雪到来的时候，人许的愿会实现，我想让我的这个愿望也在这时实现。"

那会是什么？

"温暖你的冬天，温暖你的世界，让怕冷的你，不再感到寒冷。"我从来没见家凡这么郑重过。

"家凡，其实我的冬天已经不再寒冷了。现在我要和你一起回去，因为屋子里面会更温暖。"

我不想告诉家凡，眼泪流在脸上的感觉。

再冰冷的心，也会融化在家凡潜移默化的温暖里。

只有真正爱你的人，才会在意你的每一点喜好，才会对你无怨无悔地付出，才会有可能，最后等到被你爱上。

爱有时是一种一厢情愿，一方是熊熊大火，一方是冰川寒风，难相遇也。

其实，我们安静地想一想，我们抓住一个对象，把他进行完美处理，然后使劲地做了一个白日梦，也许是生命中不可或缺的美妙。

爱是与你筑起的坚固城墙

筱筱是个内向羞涩的女孩，遇人总是微低着头，笑着不说话。

提起她，邻居们都会叹息着说，托生在那两口子手里，真是可惜了这孩子。她的家庭有问题，她的父母也是被众人不齿的。

的确，在鸡肠子一样又拐又长的文新巷，筱筱一家是被人议论最多的。

当年她的爷爷奶奶也算能干，翻新盖起的那个像模像样的四合院在巷子里也算头一份。可惜老两口过世后，她爸爸那个好吃懒做的败家子，梦想一夜暴富，耍小聪明跟人赌博，却把家里的光景给赔得提不起来了。之后他不思悔改，干脆破罐子破摔，完全一副无赖相，让巷子里的人恨得牙根痒痒。

这可苦了筱筱。他们那样的家庭不仅让她在巷子里被人指点、被人笑话，即使在学校里，筱筱在熟知彼此的老师和同学们面前也总是抬不起头来。她从小到大都是自卑的，甚至她没有自己的朋友。

筱筱的学习成绩很好，凭着过硬的专业知识和操作技能，应聘到市二院做起了白衣天使。这倒让巷子里的人们刮目相看了。

彼时，她已经到了婚嫁年龄，同龄的女孩子们都有了自己的男朋友，筱筱却一直是一个人。

她本身不太爱说话，遇到有男孩子的场合总是悄悄避开。自谈成功的概率很小。而她的熟人和邻居们都像事先约好了似的，没人为她介绍对象。

可筱筱没有停下脚步。她曾经看过路遥的《平凡的世界》，很希望自己也有苦尽甘来的时候。但她知道，她的爸爸永远是那副不靠谱的样子，每天吃饱喝足后，一抹嘴就出门向人吹牛去了，今天一个致富信息，明天一个赚钱内幕，瞎侃胡喷，也不介意大家的揶揄和耻笑。

她的妈妈还是早出晚归地做工，人黑瘦黑瘦的，背都累得有些驼了，还是没有把家里的日子过得好起来。

筱筱做护士很辛苦，可她从来不叫苦不叫累，别人有事让她替班，她也不讲条件笑着接受。

"这丫头，真淡泊到一定境界了。"不仅是同事，就连病号们也都很喜欢这个不爱说话总是微笑的小姑娘。

有一天，科里新来了个做阑尾炎手术的病号，包了个单人病房。那是个年轻的男孩子据说还是个官二代，脾气坏得不得了，去给他换药输液的小护士们，稍有不慎就会被骂出来。护士们一个个气得回到护士站，再也没人想去给他护理。

最后这事反映到了科主任那儿。他想了半天，给在家休班的筱筱打了个电话，让她来救场。

筱筱来了，听了情况后，她什么话也没说，端起托盘就去了病房。

病房内不一会儿就传来了那个男孩子的咆哮声，甚至还有摔东西的声音。

"得，这下真没辙了。"护士长叹了口气。

后来吵闹声平息了，过了很长时间后，筱筱才回来，眼尖的护士长发现她的手上有一个血口子，"他拿东西砸着你了？！"

大家围上来看，都很气愤。可末了，还是由筱筱做他的专职护士。

别的人，根本没人愿意去受那个气。

久而久之，不知道她怎么用绵掌化解了那个男孩的戾气。总之那个单间的咆哮声越来越小了，咆哮的时间也越来越短了，直到最后，无声无息了。

有一天，主任带队查房回来，很好奇地问筱筱："许霖怎么学好了啊？今天早上还和我们打招呼呢。"

许霖，是那个男孩子的名字。

筱筱笑了笑，什么也没有说。

"能有什么妙招啊，他发脾气的时候，不吱声不就行了，该干吗就干吗呗，让他自己没了脾气。"旁边的小护士叽喳着说道，"只是我啊，没有筱筱的涵养。他一发火，我都直想抽他两个耳刮子！"

"算了吧，你啊，别给我添乱了！"主任赶紧说道。

虽然许霖脾气变好了很多，可主任也一直没敢再派别人去，还是由筱筱来做。

奇怪的是，到了一周头上，查房时主任都通知许霖该出院了，他倒磨磨蹭蹭着不走了，说自己还是有些不太舒服，想再住院观察几天。

洞悉世事的主任，看着许霖的眼睛不时瞄着在边上忙活的筱筱，有些明白了。

而许霖的父母，也感觉到了他的不对劲。

他们有一天托人去找主任，私下里悄悄问起了筱筱的情况。

主任心里更明白了。

他实话实说，告诉了他们筱筱家里的基本情况。

在主任的潜意识里，婚姻是讲究门当户对的，他认定许家看不上筱筱的条件，也免得筱筱进了那个家门做受气的小媳妇。

果然，许霖父母当时的表情就告诉了主任答案，他们不会同意的！

病房里第二天又传出了咆哮声，但这次不是针对医护人员的，是许家三口人在吵架，而且越吵越激烈，最后吵得简直不可开交。

当天筱筱请假了，主任便另派了人去例行护理。

这次，许霖没有赶人出来，他不是不和医生护士说话，是再也不和任何人说话。尤其是他的父母。

许霖父母急得跟什么似的，一天往医生值班室和护士站跑很多趟，问他们的儿子怎么了，是不是有什么后遗症或者是并发症之类的，才导致的失语。

主任心知肚明，但就是不告诉他们，只说他儿子的状况，跟病情没有一点关系，再说他都已经痊愈了，本该出院的。

许霖父母这才明白是怎么回事。

他们和儿子怄气了很长时间，最后只得妥协投降，和筱筱见面问问情况。

这边许霖以为搞定了，他没想到的是，那边筱筱却坚决拒绝了。

“我没想过谈恋爱。更没想过和你谈恋爱。”一向温婉的筱筱，这次说话态度坚决，毫不拖泥带水。

“为什么？”许霖很受伤。

“我们俩不合适。”筱筱说。

“怎么不合适？我觉得咱俩最合适了！你想，我脾气不好，你脾气好，就我们两个吵不起来啊。”许霖说得很天真。

“你找我就是为欺负我来了？”筱筱难得地提高了嗓门。

许霖赶紧解释：“当然不是！我的意思是，就你降得住我！”

他的话里，竟然带有亲热的意思了。

筱筱红了脸："关键是，我没想和你谈恋爱！"

许霖不依不饶："你又没和我谈过，怎么就知道不想谈啊？"

这下筱筱被逼急了："只要了解情况的，就没人愿意和我谈，因为谁也接受不了我的家庭！"

"我娶的是你，和你家有什么关系啊？"许霖把事情想很简单。

筱筱不得不说出实话："我爸不务正业，我妈近来身体不好，家里负担很重！"

"大不了，他们需要钱的时候，给他们就是了。"许霖觉得这些都不是事。

可她走了，她不想再和许霖解释太多了。

许霖回家后，一家三口第一次心平气和地在一起说话。

他爸爸问："这回你是当真的吗？"他知道儿子之前花心，谈对象都处不了多长时间。他本想等儿子以后收了心，找个门当户对的儿媳，让他们成家的。

许霖认真地回答说："是。就她了。我发脾气，她忍受着，让我觉得自己很不是东西。"

许霖父母不禁又对视了一眼。这叫什么理由啊？

许霖接着说："我不该欺负这么好的女孩，我得好好保护她。别的护士虽然当时不吭声，可都一脸恼怒，眼神都想杀了我，我当然看得出来，她们是为了工作才容忍我。只有筱筱，她看我的眼神，觉得我就像个淘气顽皮的孩子，很包容我，让我自己觉得不好意思再发作，否则就是不识抬举、无理取闹了一样。"

这回，他说得倒比较靠谱了。

只是，那姑娘家里的条件，实在是差强人意。他们都无法想象，和一个混迹在社会底层的无赖做亲家，那简直是有辱门庭。

不过，筱筱那孩子真怪可怜的。再说，儿子又那么喜欢人家。

许霖父母最后做出了让步，说他们原则上同意，但筱筱同不同意，就不是他们能做主的了。

其实许霖不太在乎父母的决定，对他来说，他认准的事一定要去办。凭这些年来和父母斗智斗勇的经验，他们还真是拿他没有办法。

许霖开始了对筱筱的死缠烂打。

这事搁在以前，是想也不敢想的。都是女孩子们追他，哪有他这样不顾颜面追女孩子的。

筱筱先是不睬他，想方设法躲着不见他，后来却发现，他的暴脾气，也不是没有一点好处。

那天筱筱的爸爸又因为从她妈妈那里要不到钱要起了无赖，在家里闹腾得鸡飞狗跳。其实她妈妈也确实拿不出闲钱供这个浪荡子胡造了。

筱筱正烦恼地想从家里离开的时候，许霖进来了。他冲着筱筱爸爸就是一通吼："你这样子像什么？有本事上外面浑蛋去！专坑自己的老婆孩子，算什么男人！你倒有一点做老子的样子啊？！"

筱筱爸爸愣住了。

之前周围的人们怀着好鞋不踩臭狗屎的心理，虽然厌恶他，却很少有人对他这样说话，大家见了他，大都是唯恐避之不及的，现在他被许霖一通臭骂，倒一下缓不过神来。他迷糊地嚷道："你谁啊？我们的家务事要你管啊？"

许霖不客气地回道："以后我管定了！你再混账一回试试，看我不揍你！"

筱筱爸爸一下子蔫了，他看许霖那大块头，还真是惹不起。现在的年轻人都脾气火暴，闹不好，这小子真敢打他呢！

可这小子，怎么就偏偏管起他家的事来了呢？

待他反应过来，看到许霖客气有礼地和筱筱说话，问她什么时候上夜班走的时候，总算迷糊劲过去了，立即腰板硬硬地冲筱筱嚷道："嫁谁也不能嫁那小子，听好了啊，我不同意！你要是……"

许霖一瞪眼睛，把他的话给吓了回去。

筱筱突然很想笑。她从来没有见过爸爸这个样子。

许霖抓过筱筱的手，回头对她爸爸说道："明天早上八点，准时到陇海花苑物业办公室报到，不能迟到！"

筱筱爸爸不满地嘟囔道："我去那儿干什么？"

许霖又是一瞪眼："上班啊！那儿工资待遇不错，正好缺个门卫，我已经和人说好了。"

筱筱爸爸刚想说什么，许霖一拧眉头，他把话又咽了下去。

"走，送你上班去。"许霖拉起了筱筱的手。这次筱筱没有再抽出来。

两个人走过长长的巷子，正吃晚饭的人们都站在各自的门口，向他们行着注目礼，悄悄议论着。

"筱筱那丫头，心里头真有数啊，就这么攀上高枝了！"有人说。

"谁知道那大少是不是一时新鲜啊，要是啥时候烦了，可就够筱筱喝一壶的了。唉，她还不如找个小老百姓呢。"也有人说。

总之，他们一路走，一路都能听到大家声音或高或低的议论。

筱筱原来自信地昂起来的头，又因为自惭形秽低了下来。

许霖觉察出来了，他用力地握了握筱筱的手："别人说什么都不管用，你信我就行。我是真的爱你。能爱你，是我的幸福！"

这就爱了吗？筱筱有些不敢相信。

许霖的脸红了红："你试着爱爱我嘛，又没试过，怎么就知道一定不爱呢？"

这真是许霖式的理论。

筱筱从来不是一个突兀的人，但她今天听了这样的话，想了想居然点了头。

筱筱爸爸不情不愿地上岗了，因为怕许霖找事，不得不坚持了好长一段时间。之后，他竟一天比一天热爱他的工作了，每天穿着统一配制的服装，人模人样地在门卫处值班忙活，认真负责。业主们暂时存放在他那里的东西，都被保管得很好，从来没有丢过，他在那里口碑很好。

偶尔有以前在一起厮混的人打电话找他，他就一本正经地说："我正在上班，有事等我下班后再说。"

人要是不屑一顾地说他："这么卖力能挣多少钱啊？"他就会炫耀地说道："我有三险，有福利，还不跟正式工一样？我好好干，退休了有保障！"

其实有许多事是筱筱后来才知道的，物业公司的经理是许霖爸爸的朋友，他的社保金全是许霖自己花钱给他办的。当然那些福利也是。

那一刻，她感觉这些年来梦寐以求的幸福终于来了。

有些爱情，到了该来的时候，挡不住，也摆脱不了。爱其实可以冲破分歧、冲破家庭，是一种道不清说不明的感觉，它能在有缘人中筑起坚固城墙。

她的幸福，是许霖给予的。而许霖则说，他的幸福，是筱筱带来的。

唯有一点是明朗的，那就是相爱的双方，都是想让彼此幸福。多年后才会感悟到，原来这辈子爱了你，才是我做过最幸福的事。

那浓厚时光里，稀薄的爱

梅子是我的高中同窗，我们在不同的城市上大学，上学期间各人忙着恋爱，联系倒不多。毕业后我们两个回到家乡小城，应聘的公司都在陇海路上，且是近邻，来往就多了起来。

梅子的老公叫杨光，两人是大学同学。据说杨光和我们同届不同班，大家是在同一所高中毕业的，不过我没印象。他和梅子也是上大学后才认识。

杨光精明能干，很早就开始做净水剂生意，听说挣了一些钱，不仅买了车，还在新区全款买了两套房，让我们这些房奴羡慕不已。

梅子倒很少提及这些，仿佛杨光的事跟她无关一样。每当我们聚在一起吃饭聊天逛街购物问到杨光时，她总说三个字，"不知道。"

最初我还奇怪，总会说一句："怎么会不知道？"后来我就不好意思再问了，因为我弟媳娘家和梅子娘家有些亲戚，弟媳有天告诉我说，梅子在闹离婚。

事情是有些不对劲，因为梅子连用了几年的手机卡都换掉了。

不久后的一天，梅子约了我做足疗。做过后她打发技师们出去，说我们要休息一会儿再走，我直觉她有事要告诉我。

果然，她提起了杨光，还提起了一个我陌生的名字，姜宇。

原来，梅子和杨光、姜宇都是大学同学，姜宇也是梅子大学时的追求者。当然最后，是杨光胜了。

毕业好多年了，梅子一直没有姜宇的消息。一是她没有刻意去打听，再就是，即使有，碍着她和杨光是两口子，同学们也从来不在她面前提起。

偶尔想到姜宇，梅子会觉得那都是很久以前的事了。大学的时候杨光和姜宇为了她的明争暗斗，恍若隔世一般。

当年梅子和杨光还有姜宇，三人在学校时都是很出色的，而且一度是关系最铁的三人组合。在他们两个都对梅子表示出明显好感的时候，曾经让她很为难。

后来，梅子觉得姜宇太过沉静，而杨光是个到哪儿都可以成为焦点的风光人物。年轻的梅子决定选择风光的感觉，所以放弃了姜宇。

不知道为什么，当时在她的潜意识里，总觉得放弃了姜宇，一定程度上也等于放弃了一些对自己来说很宝贵的东西。

梅子的室友小荞就满是遗憾地说过："我真没想到，你也是一个恶俗的人。"为这句话，梅子和她到临毕业的时候关系才有所缓和。

小荞后来真诚地告诉梅子："那句话也许我是说得重了些。可是梅子，你真的做好了心理准备，和别人分享杨光的聚光灯吗？"

她的确没有做好准备。

尤其是这几年，杨光在外面的很多事她都慢慢知道了。她越来越清楚，杨光的风采不只吸引她一个人，他享用的也不仅是她一个人的喝彩。

梅子和杨光在人们面前注意地扮演着恩爱夫妻的角色，但他们心里都明白，他们的婚姻出现了不可弥补的裂隙。

他们之间不再有爱情，甚至，连亲情也是那么稀薄。

梅子只是一个刚刚年过三十的女人，可她已经不能得到杨光作为丈夫的任何滋润了。他们貌合神离地生活着，她觉得自己都快要枯死了。

不过，杨光对女儿倒是喜欢的，高兴的时候也会宠着她，叫她"漂亮的花蝴蝶"。有一天良心发现，他还感叹着对女儿说："你妈妈在大学时也是漂亮的花蝴蝶呢。"

是啊，蝴蝶，漂亮，张扬，和蜜蜂一样，一生总是和花结缘。可蝴蝶恋上的是张扬和耀眼的花儿，在辛苦的追逐中老去，而蜜蜂却连细碎的枣花也会倾心，悄悄为自己、为别人酿出香甜的蜜。

年轻时的虚荣，让梅子面对盛开的百花，选择了做一只蝴蝶，而不是做一只蜜蜂。凑巧的是，姜宇在那时正是默默散发余香的枣花。

这两年，梅子因为和杨光的关系逐渐紧张，会悄悄地想起姜宇。她很想知道，自己最终选择杨光而放弃姜宇是不是个错误。

她也不知道自己这是怎么了，那些天总是不由得想起姜宇，想起他曾经对自己所有的好。

不久前，梅子接到大学班长的电话，说这么多年没见了，想召集大家到大学所在的城市聚一下。班长说，他也给杨光打电话了，可杨光说他太忙没时间。

梅子知道，这些不能给杨光带来任何利益的聚会，他是不会去的，如今他的势利无处不在。他去不去是他的事，梅子倒是立马就同意了。

时隔多年后，她终于和昔日熟悉的同学们再见了。

可她看到了人们眼中的惋惜，熟悉的班长和小荞他们，竟都没有很快认出她来。

其实不用别人说，她照照镜子也知道这么多年以来自己有着怎样的改变：自信不在，骄傲不在，朝气不在暮气在。

好歹当初她也是受人瞩目的一个啊，怎么别的女同学拥有了迷人的成熟风韵，她却像熟得太快、熟得太过，以至于苍老起来了？梅子的心里很是悲凉。

她说上次去做护肤的时候，小美容师惊叫着说她的皮肤粗糙得像纱布一样，说她应该坚持去保养的。

梅子觉得这是一件悲惨的事。做好保养，就可以让自己在杨光面前保鲜吗？再说，她为谁保养啊？女为悦己者容，她为谁啊？

快十二点了，可是饭局还没有开始的意思，班长说要等一个重要的客人。

梅子当时并不知道那个客人是谁，听说很有几个混得不错同学都还没来，真不知道晚来的是哪一个。

现在的老同学聚会，埋单的往往是混得最好的那一个，要么有权，要么有钱，而且，重要的是他得乐于参加此类活动。

杨光是不行的，他也算混得不错中的一个，但他现在对不能创造收益的事一律吝啬。

坐着没事，梅子和小荞她们开始讨论目前的减肥新法。闲谈中，包间的门被打开了，她抬头扫了一眼来人，竟是姜宇！

梅子说，她真的没有想到，分手十二年后会和姜宇有这样一次相见。

十二年，也许恰是一个轮回，就像十二生肖的循环。

岁月真是可以造化人的，姜宇在校时的青涩腼腆不见了，取而代之的是一种挥洒洋溢着的成熟魅力。

他全身上下得体的名牌包装，和男生们亲切地握手，有人带着开涮的醋意叫着："这谁啊？一来就带着一股亚洲雄风，打眼儿一看，一个真正的中国猛男！"

在大家的笑声中，姜宇也呵呵笑着，热情地招呼大家落座。班长问他："怎么，穿得这么正式，是来显摆还是咋的？"

姜宇打着哈哈："不好意思，让大家久等了，刚才谈点生意上的事。那种场合，穿得隆重点，也是对人的尊重。"他的眼神，没有梅子身上过多停留，只是蜻蜓点水一样轻轻划过。

"没关系，3.1415926，咱要的就是这个派（π）啊。"班长开着玩笑，姜宇也笑了起来。

宴席开始了，觥筹交错。听小荞说，今天的活动全部由姜宇埋单。

梅子不知道自己是应该高兴还是应该惭愧。姜宇还是出息了，他并没有因为她的打击而消沉。

她是在那天才听到姜宇的一些消息，他毕业后进入一家大公司，从不拿底薪的业务员做起，一直干到销售部经理。后来辞职，做了一家国内知名饮料公司的大区代理商，钞票挣得特别顺。

大家都对姜宇的骄人成绩表示由衷地高兴。毕竟，用大家的话说，至少以后可以多宰姜宇几次，而且，姜宇还承诺谁要做此类生意，他可以免费引进门的。

那顿饭梅子吃得相当尴尬，早知姜宇今天来，她就不来了。因为当初她和姜宇，还有杨光的事，大家都是知道的。

真是十年河东十年河西啊，现在的姜宇倒真真正正成了风光不可挡的人物。

席间，有个男生喝高了，硬要与女生一个个地碰酒，说谁不喝就是看不起他，而且一倒就是半杯。眼看小荞她们一个个被逼着喝下难受得很，梅子真是怕了。

她酒量一向不行，而且有点酒精过敏，她想溜，可是那人已经来到她面前了。她几乎是绝望地看着他把酒倒上，粗声大气地要她感情深一口闷。

酒杯被接了过去，是姜宇过来了。他嚷着说那男生太重色轻友，那个醉鬼旋即把矛头转向了姜宇，班长他们几个看姜宇的眼色立即把那人拉开了。

后来总算吃完了饭，姜宇招呼大家去唱歌。听到叫好声一片，梅子也不好意思说不去，只好随着一起去了。

班长说让同学们唱熟悉的老歌，大家就一首接一首地唱，唱《恋曲一九九〇》，唱《糊涂的爱》，唱《迟来的爱》，唱《明明白白我的心》，唱你知道我在等你吗，唱我是一只小小鸟，想要飞却飞呀飞不高。

有人唱着唱着哭了起来，梅子的心里也酸酸的。岁月就这么匆匆流逝，真是无可奈何花落去啊，年轻时的豪情壮志到底有几个能够实现？

再后来，有男生唱：你是我的情人，像玫瑰花一样的女人，用你那火火的嘴唇，在无尽的夜里让我无尽的销魂。

有女生在唱：我是被你囚住的鸟，已经忘了天有多高，看着你的笑在别人眼中燃烧，我却要不到一个拥抱。

大家都唱得有些声嘶力竭，唱到最后竟有些鬼哭狼嚎了。

那些男生们午餐时都是喝过白酒的，在这里又叫了啤酒来喝，两样酒一掺，醉的人更多了。

他们开始死拉硬拽着女生们跳舞，跳一会儿就叫着换人换人，拉起另外一个人跳起来，也不是跳，简直就是满包房地乱窜。而那些女生们，包括小荞，也只是半推半就的样子。

梅子突然就有些厌烦了，那些男生在学校时可不是这样的，是不是酒真的可以让人放肆？还是本想放肆的人在借着酒故意发疯？

梅子拿起包，想悄悄走掉，姜宇拦住了她。那时大家都正处于一种半梦半醒的状态，没人注意。

姜宇有些粗暴地把她按坐在沙发上："还没和我说一句话呢！怎么，都十二年了，你还是瞧不上我？！"

"没有，姜宇，我女儿今天下午要开家长会，我得去。"看着他喝得发红的眼睛，梅子生怕他做出什么举动来让自己难堪。

"我只是想和你说说话。"姜宇颓然放开了她。她有些心痛。

这个男人，原本也可以有幸福的生活，可是她打击了他，伤了他的自尊心。听说他是前年才结婚的，那时她的女儿都两岁了。而且，听说他和太太感情并不好，结婚不久就分居了。

包房内，人们唱着、跳着，看着闪烁的画面，看着疯狂的人群，梅子突然发现，她不了解这个光怪陆离的世界了。

"他对你好吗？"姜宇向梅子这边靠了靠，盯着她问。

"好啊，为什么不好？"这种时候，梅子觉得有必要捍卫杨光的尊严，也或者，是捍卫她自己的尊严吧。她不想让姜宇看自己的笑话，更不想在他面前认输。

姜宇伸手揽过梅子，她想挣脱，可是他把她搂得很紧，他贴着她的脸，热气呼呼地吹向她的耳朵："别骗我了，我知道，你过得不快乐，你一向都是喜怒形于色的人。"

梅子当时心中一惊，用力挣扎着："姜宇，那是我自己的事。"

"不！"姜宇晃着她的肩膀一声大喊。

那些吵闹着唱歌跳舞的人们瞬间安静了下来。

班长随即招呼大家："人家说话呢，咱们继续。"

又是热闹非凡了。

不知道他们是想给姜宇这样的一个机会，还是现在的人们真没有太多的时间和精力关心别人的事了。

班长向他们走了过来，姜宇摇晃着站起来和他说了句什么，班长很随意的样子对梅子说："姜宇喝多了，你不正好有事要走吗，就由你送他回宾馆吧，大家没尽兴呢，我在这儿照应着。"

梅子想，她真得走了，如果再继续待下去，不知道姜宇还会做出些什么。

姜宇其实并没有喝多，他的酒量梅子还是知道的，哦，不，大家都是知道的，为什么，今天大家都像在装糊涂一样？那些在学校时相好不相好的男男女女，现在都半闭着眼睛，贴在一起荡起暖昧的舞步，难道，他们都真的醉了吗？

"梅子，送我到幸福彼岸。"姜宇把车钥匙给了她。

鬼使神差地，她接过了钥匙。

幸福彼岸是一家集住宿、餐饮、娱乐、休闲为一体的豪华酒店，梅子听杨光说起过。只是她没有问杨光和谁一起去的。她对他，其实已经很漠然了。

那天姜宇径直用房卡开了房门，进门就把自己摔床上了。梅子看他没有太大问题，就准备离开了。

"梅子，别走！"姜宇的吼声让她的心一颤，她立在原地动弹不得。

姜宇口齿不清地嚷着："梅子，我就是忘不了你！可是为什么啊，为什么，时间成了一把杀猪刀……"

他说了很多很多，不过梅子没有听完，因为她逐渐清醒过来。

她以最快的速度离开了幸福彼岸，她知道，那里的幸福，不是她的幸福。

姜宇那天后给梅子来过几个电话，她都没有接。

后来，他开始不停地给梅子发短信，说，这么多年以来，他还是想明白了，他想和她在一起。他可以为了她离婚，也让她和杨光离婚，他说杨光提什么条件他都答应，他现在有很多钱。

姜宇对梅子说，他爱她，到现在还爱，他想要一个对他的钱无所欲求的女人，他只想要爱。而且他相信，她现在可以好好地爱自己了，因为他身上已经具备了她所需要的全部东西，他可以让她在人面前过得醒目过得风光。

梅子换掉了手机卡，她不想再和姜宇有任何形式的联系。

姜宇留恋的，也许只是他的记忆而已，那天他说的一句话，让梅子感到无可名状地悲哀："真是生过孩子的女人了，身材都变了。"他当她是什么人，红颜老去的旧情人吗？她真到了需要别人怜悯的地步吗？

梅子记忆中的姜宇已经消失不见了，学生时代的姜宇是那样朴实，就像"秋天野地里一株纯朴的红高粱"。可是，时光不再了，姜宇不再，她不再，往事不再，情亦不再……

聚会后的第二天，梅了回家时在高速路口碰到了班长，他绝口不提姜宇，可梅子明白，他以为自己什么都"知道"。

一个人"知道"的事，很多人都会知道，也许有一天，杨光也会知道，只是那一天，不知道什么时候会到来。

在别人眼里，梅子是一个要风得风、要雨得雨的幸福女人，有房有车，有个生意做得很大的丈夫，有个可爱的女儿，可是，这一切对她来说，只是表象。

在此之前她从来没有想过，自己真正能够掌握的是什么。

"该来的一定会来。该来的就让它来吧。而该结束的就让它结束……"梅子仰面躺在按摩床上，眼神空洞地说。

"你就这么放任事情的发展，不做任何挽回吗？"我直截了当问她。

"我能做什么？"她拭着眼角。

"你和杨光沟通过多少？你独居一隅自怨自怜，总觉得这一切是杨光造成的，你有没有想过他这些年是怎么过来的？"我问。

"花天酒地过来的！"梅子愤愤道。

我摇了摇头："你也说过杨光几次喝到胃出血，哪有人愿意这么自伤身体的？他还不是为了生意，想多挣些钱，让你们娘俩过上好日子，让你觉得跟了他是值得的！还有你说的他那些场面上的应酬，如果你不喜欢，直接告诉他就是了！你不喜欢那些场合，你以为他就喜欢？他就是真吸引女孩子也没什么，说明他有魅力，你到底有什么证据他真就出轨了？难道你真以为，他就是一个不负责任的男人吗？"

梅子沉默了。

我叹了一口气，继续说道："你就做得对吗？你不觉得你在放纵自己吗？即使你和姜宇最终没发生什么实质性的关系，但你有了那样放纵自己的想法，就对得起杨光吗？"

"我还能回头吗？要是班长他们……"梅子说不下去了。

"这个就得你回去好好想想怎么办吧。毕竟你错过，人都要为自己的错误行为付出代价的。杨光也有他的毛病，只是，别让你们两个的错误，殃及了无辜的孩子！"

出得门来，我们分手回家去，看着梅子心事重重的背影，我不禁叹了一口气。

现实的婚姻出了问题，想要在既往的感情中寻找寄托，那往往是行不通的。只有清醒冷静，不逃避不回避，不自怨自怜，勇于解剖自我，体察对方的不易，才是找出解决问题的根本办法。

别为自己的记忆付出，这是一种可怕的情感。

　　过去的一切，再想回去找感觉，其实已经不在一个交叉点上了。

　　也许，有杯苦酒，在等着我们自己。

你说的爱，反反复复不确定

无关背叛，无关原谅。分手的痛，一次就够了。

不再为情画地为牢

我的QQ好友中，有几个是我多年的读者，柳风是其中之一。

我曾经在新华论坛写过几年的情感故事，她默默跟读过我所有的文章。后来她辗转加为我的好友后，我们聊过几次。

她说她喜欢我写的情感故事，其中一篇《我也想做你的骄傲》她更是看了又看，觉得文中的女子根本就是她自己。唯一不同的，也许只是她尚在围城之外。

那天晚上她自顾自地说着话，夜已经很深了，她仍没有下线的意思。她絮絮叨叨地说着自己的爱情，她对爱情的热烈让我感慨，而她对爱情的卑微和坚持，也让我很是心疼。

她说一个人的夜晚，自己通常就是这么泡在网上度过的。陪伴她的往往只有音乐。那几天她听得最多的是羽泉的《这一生都只为你》，她还开了语音唱给我听：

……这一生都只为你，情愿为你画地为牢，我在牢里慢慢地变老，还给你看我幸福的笑。这一生都只为你，情愿为你画地为牢，我在牢里慢慢地变老，还对别人说着你的好……

这首歌我听过，歌词也比较熟悉，还曾经在文章中，用到过那几个字：情愿为情画地为牢。柳风的歌声绝不比原唱差，在这夜深人静之时聆听，甚至更多了些幽怨的意味。

唱过之后柳风自嘲说，她就是个为情画地为牢的女人。

他们的相遇相识很偶然，她对他仰慕不已。"他特别出色，和他在一起我觉得骄傲，我不想让他看轻我，所以我要努力，因为我也想做他的骄傲！"柳风说。

其实柳风自己也是所在领域的佼佼者，她才情出众，个性鲜明，身边也有很多倾慕者。但在他面前，她却自觉自愿地放低了姿态，仰他鼻息，一度"低到了尘埃里"。她为了不让他不快，情愿走进了"情牢"，隔绝了和外界外人的联系。

但自始至终，她和他之间，都如歌中所诉，从来不是公平的。一直以来，都是她付出得多、得到得少。而那个他，总是一副不主动也不拒绝的姿态，对她仿佛胜券在握一般无所谓。那种散漫的态度，让她想来很是伤心。

说到这里柳风沉默了很久。后来她承认自己还是忍不住哭了，因为长期以来无以排解的委屈。

据说深夜独处的时候，人才是真正的自己。只是真正的柳风，那个他看不到，因为他从来不在意。他也想不到，这个在夜间忧伤流泪的女子对他有着怎样的爱情。那种爱情，就叫画地为牢。

柳风是情愿为他画地为牢的，这些年来，他就是她生活的全部，就是她所有重心的重心，她甚至可以为了他舍弃自己原有的生活和小圈子。可她在他心里，从来没有对等的位置。

柳风说他们两个人之间，似乎一直是她在主动。他如太阳，而她则是一株跌跌马趴追逐他的向日葵。他从来没有放心思在她的身上，她来便来去便去，即使他们闹了矛盾，他也从来没有哄过她，因为他自信她只是在要小性子，之后还是会自己出现的。

事实也是如此。那些年来她的不快和烦恼，都没有机会说给他听，他那种对有关她的烦心事拒之千里的态度，让她实在开不了口。她只有自己默默消化，之后重展笑脸，出现在他的面前。

他们闹得最凶的一次，彼此很长时间都不再联系，最终还是柳风先坚持不住了，忍不住打电话给他，因为她想他想得都要发疯了。接到她的电话，他也没有多少惊喜，只是轻描淡写地笑着：哈，其实这段时间我也想知道……

那句话他可能觉得不好意思说不出口，不再往下说了。柳风突然感觉很不好，执拗地追问他想知道什么，于是他笑了笑，说道：我想知道我到底能不能把你放下。

闻听此话柳风的心变得很冷很冷。她觉得无论自己为他付出多少，他还是那么理智地站在圈外。

于是，那天柳风很冷静地坚持问他：你思考的结果怎样？

他笑着：你在我心里是挥之不去的！其实你不打电话，我也会打电话给你的，你只要坚持一下就行了，可你先打了。

是的，她先打了，他又胜利了。在他们的感情中，始终是她的爱更多一些。她也明白，在爱中谁付出得多，谁受的伤害就越多。道理她都懂，之前她从来不和他计较，可是，现在她开始感到心理不平衡了。

柳风实在想不明白，她那么爱他，可为什么他不能公平地对自己？都说爱是不讲代价的，可她只是一个平凡的小女子，她已经努力了，可她的确没有那样的胸怀。她怀疑，难道和他在一起这么久，她想要的只是自己的爱情吗？

柳风知道，他希望她在他不在的日子里想念着他，在他回到她身边的时候笑脸对着他，不给他增加一点麻烦。其实她也一直是这么做的。他说男人都会喜欢这样的女人，他却没有问过她，她喜欢那样的自己吗？

画地为牢的感情里有着太多的伤心、隐忍和眼泪！……

女人的感觉不容欺骗，尤其女人不能欺骗自己。柳风说她对他的心意，已经在他的肆意挥霍下，变淡了很多。

这几天她一直在想他们交往以来发生的事。她直觉他们之间的感情因为他对自己的忽略，其实已经面目全非了，甚至变得让她惶惑，开始迷惘了。她怀疑那种曾经让自己心动的感觉，到底还存不存在。

"你考虑放弃了？"我问她。

柳风沉默了很久。

最后她说，她得承认，现在的她仍是一个喜欢浓烈的女子。可如果他再这么看轻她，再让他们之间的感情一点点地淡下去，她对他，总有一天会游移。

都说恋爱中的女子是一往无前的勇士，但再自顾自地倾心付出，也还是需要被认可的，否则，就失去了继续的动力。

爱情，也是一种博弈的过程。如果一个人总希望自己胜利，总站到制高点上，对方一定不会陪你继续走下去了。

那晚，我曾路过了有你的城

梁好和延军是大学同学，在校时他们倒没有什么来往，至多算点头之交。他们后来的熟悉，是从毕业十年同学聚会之后开始的。

聚会时大家回到曾经读书的城市，回到共同度过最美好时光的校园，谈论起毕业后的各种际遇，每个人都特别感慨：还是同学好啊！

班长立即宣布成立QQ群，要同学们互通信息多多联系，将同窗情谊保持下去。

最初的群里是热闹的，大家趁着十年聚一回的激动劲儿，在群里你一句我一句聊啊聊的。

梁好通常都在线。她毕业后没有找工作，而是凭着出色的文笔做了自由撰稿人，所得收入颇丰。她把上网聊天当成了收集素材甚或体验生活的一种渠道，有时别人的一句话就能给她灵感，让她据此码字成稿。所以她泡在网上的时候很多。

延军是按部就班的上班族，由于工作勤奋，早已稳坐主管位置。他最初只是偶尔上线，在群里泛泛地和人说话。可即便如此，他还是留意到了梁好的才思敏捷、妙语连珠。

后来出于好奇，他依着梁好的笔名上网搜索，找到了好多她写的东西。一点点地看下来，他更觉得，梁好的思想、见地和他认识的别的女人是截然不同的。他曾骄傲地对同事说，自己有一个同学现在是知名作家。

是的，梁好虽然没有加入作家协会，可她作品的影响力早已被公众认可了。她在各大网站的博客和微博，都也已经被认证为不折不扣的"作家"。

出于对作家的一种奇怪心理，延军开始接近梁好，主动和她说话。后来在同学群里的人越来越少，最后只剩下寥寥几个人有一句没一句地闲侃时，他们默契地互加了好友，开始了一对一地私聊。

一番交流之后，他们突然发现对方的各种见解和自己有那么多相似之处。于是再聊下去，两人便有了相见恨晚、惺惺相惜的感觉。

比如，他们都属于积极进取的人，想要自己在既往的基础上不断再上新的台阶。像梁好，尽管她的作品有些还获得过不小的奖项，但她从来没有满足过，甚至苦恼于自己的写作进入了瓶颈期，苦恼于一直突破不了现有的写作水平。

延军作为圈外人和局外人看得还算清楚，他坦率地告诉梁好，虽然她写得不错，但以往的作品深究起来都大同小异，尤其是她文中的女主角，总是纠葛于家长里短、恩怨情仇，视野不够开阔。他分析也许是因为她自始至终都没有在职场中待过，写起来有些局限的缘故。

梁好对此是认可的。她也承认自己某一方面的狭隘，只是苦于没有获取更多素材的方式。

于是延军接下来和她聊天时，有意无意地向她讲了很多职场中的人和事。梁好敏锐地捕捉到其中的切入点，很快写成了一部职场小说并顺利出版。接到样书后，她第一时间给延军寄去了一本，感谢他的帮助让自己拓宽了写作领域。

看着自己杂乱无章讲出来的经历和听闻，居然被系统整理提炼升华变成铅字，成为精美的图书，延军感觉如同做梦一般。

等缓过劲来，他兴奋无比，立即上网购来好多本书，送给自己的亲朋好友，如同自己的书出版了一样。他甚至介绍自己身边"有故事"的人给梁好认识，以期多为这个有才华的老同学做点什么。

后来，不知道从什么时候开始，再和梁好聊天时，一种莫名的悸动开始丝丝缕缕在延军心里缠绕。他平静多年的心波，开始微微荡漾，那样的感觉很美，美得让人心醉。

他开始悄悄关注梁好所在城市的天气预报。因为那座城市中有她，他觉得特别有人情味。他总是想象那个城市的天气，想象那样的天气下，梁好都在做些什么。

而梁好凭借多年写作磨砺出来的感觉，也已看出了延军的异样。她想逃离，却一时迈不开脚步。

因为之前，自己的身边从来没有一个人能够真诚地给予自己在写作方面的认可，更别说全力支持了。如今的社会中，人们对"作家"这一称谓的反应，总让她心里五味杂陈。

尽管写作是她的谋生手段，但更多时候，她是源于对写作的热爱。延军对于她在写作上的肯定、鼓励和帮助，是让她感动的。

于是他们之间很快有了一种比温情多的东西在滋长。他们痴迷着、沉醉着。

可是，醉过了，总是要清醒的。他们都警觉到，醉时的言语，在现实中、在社会中让人赫然心惊。

延军感觉到梁好的不安，梁好也知道了延军的惶恐，于是他们本能地拼命从彼此的视野逃离。

可不知从什么时候起，他们两人的手里，却共握上一根纤细却柔韧的橡皮筋，他们都想要逃，却最终被互相的牵引扯回了原地。

当他们面对，无奈地再次面对，却再也不能坦然地面对。

他困惑，她苦恼。

终于有一天，梁好直面延军："那根拉在两人手中的橡皮筋越有感觉拉得越紧，这时如果一个人放手，剩下的一个会被橡皮筋的反弹力击得很痛……索性，我们两个同时放手……"

延军明白她的意思。

他接受了她的建议，却没有告诉她，他的心在疼，很疼很疼。

就在那天，他们说了再见。

再见，不是再次相见，而是，永不再见。

时间可以冲淡一切，人们都这么说。他们也希望是。可是，真的可以吗？

也是从那天起，延军再也不看天气预报，不再留意任何与梁好有关的东西。

他在努力地淡忘她。

可是两年后，他出差路过那座有梁好的城市时，却忍不住频频回眸。

这世上真有一种感情，只在默默遥望吧？要不然，为什么他想要告诉梁好，那晚，他曾路过了有她的城。

而且，他真的想要她知道……

梁好和延军成全了彼此最美好的回忆。他们都是成熟理智之人。

在感情中说到"理智"二字，会显得有些冷酷。

但究其实，这是处于各种危险感情中的人最必需的选择。

同时放手是成熟男女之间的一种理智选择，这对于青春年少者太难了。

一个人已经学会了把情感克制起来，他（她）就已经经历了风雨，有了一种历练。学会了放下，达到了某种境界。可是也失去了童真。

陌生人列表里，那隐藏的至爱

迫不及待地登录QQ，在陌生人栏里，他的头像跳动着，简单的三个字：我在线。

这次欢乐毫不犹豫地点击了他的头像，选择"加为好友"。她要认认真真地，重新，加他为好友了。

那边的他收到消息后很惊诧，"他把我删掉了吗？"

随即发来一个晕倒的表情。

他无语。其实，她早该知道的。

她知道他们聊天时，从来都是他先发来消息。因为只有那样，总是中招重装系统的她才可以看到他。

她感觉得到，他已经有了情绪，他一定觉得她伤害了他。

不想多解释什么，因为，她的确曾经把他删掉了。

删掉他是因为那年他的失踪，他不打招呼就玩起的网上消失。他不知道他的失踪对她的打击有多大。

人说只有相信未来，才能不怕分离。她的过激和抓狂，是因为她不相信她们的未来。

她觉得可笑，一向自信的她也有不自信的时候。

后来，她回来了，他们又有了联系。

可是，她没有告诉过他，从那以后，在她的网上，他一直就在她的陌生人一栏里。他一直，只是她的陌生人。

熟悉的陌生人，亲切的陌生人，她牵挂的陌生人。三年了，他和她陌生着，却那么熟悉着。

以为删掉了他，看不到他，便可以少些心痛，可是她错了。她一天天地明白，她不能释怀的还是那个已经成了陌生人的他。

既然如此，她何必委屈自己。她想从此以后，可以主动发去她的问候，所以，至爱的他不能再待在陌生人列表里。

女人都是感觉动物，可是爱的感觉并非会永远伴随他，年龄可以磨灭掉的不仅仅是容颜，更包括爱的冲动。

她对他，就始终有这么一种爱的冲动，她想抓牢这个感觉。

有朋友告诉她说，心跳的地方是他乡。她总是一次又一次地离开，本能地选择遗忘，让内心保持平静前行，只保留一段又一段记忆。

她行，可她不行。她要的，不仅是回忆。

她删掉了他，可是，正因为删掉的是他，她没有设置"拒绝陌生人的消息"。

她要怎么告诉他，让她魂牵梦系的，只是他，她QQ里的陌生人。

一个使用了几年的QQ号，加有近五十个好友，够多吧。她不知道在网络里，在QQ上，这个好友该怎样定义。

有的好友，她甚至已经忘了是怎么加的，他（她）是谁，以至于春节时想要给线上的好友每人发一份祝福时，她竟然不知道，她面对的是怎样的一个陌生人。

多奇怪的感觉，陌生的好友。

而他，是她至爱的陌生人。她却从来没有告诉过他。

随着年龄的增长，她告诉自己一定要宽容，她已经很久很久没有删掉她加的好友了。

可是，她又是多么苛刻。他那样一个温和的人，她却把他删掉了，而且，让他一直待在陌生人的行列里。

她把他删掉了。他从此成了她的陌生人。

没有人知道，她删掉他时的心痛。她曾经发誓，永远不再想起他。

人常说男人的誓言不可信，可是她呢，她发过的誓言，在想起他的一瞬间，也早已灰飞烟灭。

她想他了……她想他了。

她想他了。这就是为什么她们很长时间不联系，后来她又疯一样重新找到他联系他的唯一理由。

他是不是觉得挺受伤害的，她想要就要，不想要就不要。她要怎么说清楚，她一直都想要，可她知道自己要不到！她的离开和回来，都因为对他的至爱，与爱之不得的恨。

她的QQ陌生人很少，而她通常都是隐身上线，只是为了看看那个被她删掉、偶尔会在陌生人栏里出现的他。

他的头像在绝大多数时间内灰着。

让人绝望的灰！她突然开始讨厌灰色对人视觉的冲击和毁灭！那是一种慢性的屠戮和蹂躏，它远远不如黑色来得直接和勇敢！她都要疯了！

黑吧黑吧，来个最黑的黑客，把她的电脑黑掉吧！

重装系统之后，改动了一下设置，他就再也不会出现了。眼不见心不烦，她就再也不必为他烦恼了。

她为什么要自寻烦恼？！她又开始想他了！她又开始想他了……

这种循环往复让她虚弱，让她觉得自己底气不足，她都怀疑自己是不是在犯贱！

……知道吗？因为他，她在不断地伤害她自己，对自己发狠，对自己说刻薄的话，她对自己远没有对别人那样客气。

崔健唱的《假行僧》中有一句，"我要从南走到北，我还要从白走到黑"。现在她累了，很累很累，既然她挣不脱他，那就让她做一个勇敢的苦行僧，一条道走到黑，勇敢地面对他吧。

删掉他，是因为她爱他。把他重新加为好友，请他记好，那还是因为她爱他……

物以稀为贵，感情，更是以稀为贵的。在感情上，她一直是个很吝啬的人，她吝于付出。可是遇上他，她把她积攒的热情，全部热烈地送上了。

爱情很多时候，只是一个人的事。爱他，是她一个人的事，她今天告诉他她全部的挣扎和徘徊，他不必得意，也不必愧疚，她已经加他为好友了，她可以不在乎他的态度，真的。接下来，他悉听尊便。

可是，她有那么潇洒吗？没有。真的。这次，她说的才是真的。她对他，永远潇洒不起来。

他永远也不会知道，那陌生人列表里，她曾隐藏了对他的至爱……

女孩把男孩从QQ里删除了，以为这是一种决绝，可真正要从心里删除是多么艰难的事情。请相信，在夜深人静之时，那个男孩，像个芽儿，又会从心灵深处冒出来。

没有哪份真挚的感情应该被指责。

她们在感情世界中最本真的演出，成为文字下精彩的定格。

感情，是这个世界永恒的话题。我愿这永恒的话题中，能多一些圆满，也多一些甜蜜。

春风十里，我等到你

在锦言和付晓家里，是女的当家。

付晓是个不爱管事的人，每月按时交工资，当然锦言也不需要他多说，她要忙的事太多了。

这不，快换季了，锦言又开始发愁了。她翻遍往年的衣服，左看右看，上看下看，看了正面看背面，就没有一件想穿上身的。

怪不得都说女人的衣橱里永远少一件衣服。

锦言这些年可想明白了，少的，可不就是想穿的那件嘛。

怎么办呢？买呗！网店，实体店，一通搜罗，把钱花出去完事。

一个个服装包装袋拎回来，回到家后摊在卧室床上，摆着看心里也是满足的。

有时候锦言也会后悔，其实她也不是真的需要这么多，可商家促销力度太大，她心里痒痒，就是忍不住要消费。

小城冬夏长春秋短，虽说春秋装买来可以穿两季，可因为季节变换太快，很多衣服吊牌都没去掉，季节就过去了。等过了当年，衣服明显地写着两个字：过款。她就更不想穿了。

除此之外，更别说她心血来潮买的那些了。

女装流行速度太快，她又喜欢跟风，可买来的衣服，很多款式和风格并不适合她，一旦和人一撞牌撞衫，她就没心情穿出去了。

衣服多，鞋子更多，家里那个超级大鞋柜，放的都是她的鞋子。甚至一进门，玄关的地上也摆满了她的鞋子。

付晓的鞋子只有区区几双，就放在鞋盒里，摆在储藏室的一角。

两人的消费观念不同，曾经很激烈地辩论过几回。

付晓的观念是：如果需要再贵也要买；如果不需要，折扣力度再大也不要置办。

锦言则觉得遇着价钱合适的就买，过了这村就没这店了。

付晓指着锦言满柜子的衣服和鞋子说，倒有哪一件是可以穿几年不过时的？买十件不三不四的，不如买一件惊天动地的。

锦言就抬杠说，我倒是想买一件惊天动地的，可只买得起十件不三不四的。

总之付晓说过锦言好多次，锦言就是不改。

本就挣得不多，她花钱还这么没有计划，家里的财政难免吃紧。且她又不是个会凑合的人，该干嘛还干嘛，两人的钱花完了，她就去刷信用卡，最后还得付晓惦记着还账。

这样时间一长，付晓就有些吃不消了。元旦后趁着单位派他外出学习，他远远地去了外地，留锦言一个人在家折腾。

"随便你了。眼不见，心不烦。"他走时说。

"彼此彼此。"锦言嘴硬地说道。

开始的时候锦言觉得日子不错，没有付晓在旁边唠叨，随心所欲，自在得很。不想做饭就不做，在外面吃，想吃什么就吃什么。正是冬装促销季，反正冬天时间长，买来衣服不怕没时间穿，她就放开了买，想买啥就买啥，那个放肆那个爽啊，好几年没有过了。

　　没过几天，恰逢市里一家影城做活动，她就赶去办了张卡。后来又听说一家新开的汗蒸房做促销，优惠力度超大，她也去办了张卡。最后，做头发时在巧舌如簧的设计总监的动员下，又办了张会员卡。

　　直到她的信用卡被停掉，钱包里现金不足两百元的时候，她才慌了。

　　付晓走时交待的事她全忘了，水电气和物业都没交费，手机也已经接到催交话费通知了。离月底发工资还有大半个月，她倒是怎么吃饭，怎么生活啊？

　　她实在无法张口向双方老人要钱，同事就更不用说了，大家看她今天一个快递，明天一个邮包的，都已经说过她好多次了，说让她网购有些节制，她怎么好意思自己胡乱消费着，再找别人借钱呢？同学，算了吧，那几个要好的姐们儿，每月钱包比她还要干净呢。

　　一分钱难倒英雄汉，更别说这么大的亏空了。锦言难为得简直都要哭了。

　　晚上她给付晓打电话，东拉西扯的，也不好意思提钱的事。凑巧的是，付晓说他以前借给同学王飞的七千块钱，王飞打了电话要还，让锦言去取回来。

　　真是天无绝人之路！锦言把钱取回来后，还清了信用卡欠款，又交了水电气和物业费、话费，余下的所剩无几，但也够她精打细算着过到付晓回来了。她心里打鼓的是，付晓回来的时候怎么交差。

她还从来没有为钱发过愁，这回可真是费了心思了。新办的几张卡其实用处也不是特别大，先处理这些好了。她不好意思把转给同学同事，就挂在网上同城交易，很快赔了点钱处理出去了。

她的头脑，此时已经过了发热的时候，再冷静看她疯狂购买的那些东西，觉得自己当初真是不理智。

比如说，她的脚肉厚，脚指头比较齐，根本不适合穿那些看起来娇俏的尖头鞋和鱼嘴鞋，不是夹脚就是磨脚，受罪得很。而且她也不大能穿高跟鞋，尤其是那种立跟的，逛个街都累得要死。可偏偏这类鞋子她买了很多，当时不知道怎么想的，也许买回来就是看的？她想不通当时的自己。

唉，要是肚子饿了，一块钱一个的烧饼，不给钱人家也是不给的，要这些放着闲置的鞋子干什么啊？她可真是太会败家了，剁手剁手，坚决剁手！

可买回来的鞋子，又能怎么办呢？上网卖掉吧。

那些天锦言从来没有这么勤快过，她把鞋子拍了照放到网上，标明了全新正品鞋子未上脚，现低价出售，倒陆陆续续处理出去了几双。

家里的那些衣服，吊牌还没有摘掉的，她也一并拍照，在网上标价销售起来。

至于那些穿过的衣服，她不好意思拿出来卖。就是她自己，再喜欢特价打折优惠什么的，也不喜欢二手的东西。

她慢慢地把当时花掉的钱，收回来了一部分。

有一天，她整理鞋柜时发现腾出来了一些地方，就把付晓的鞋子放了进去。

她放鞋子进去的时候才发现，付晓仅有的几双鞋子都是他们结婚那年买的。当时她妈妈指派嫂子陪着她买结婚穿的衣服，怂恿她多买些，免得以后付晓弟媳过了门，婆婆就不舍得给她花那么多钱了。她当时买了很多，也给付晓买了很多。听说付晓后来又把钱给了婆婆，她还和付晓大吵了一架。

付晓说老人们都不容易，为了操办婚礼已经花光了他们一多半的养老钱，他们不能太过份。

好在他只是还钱给老人，锦言为他买的那些鞋子和衣服他没有退掉。现在想来，付晓一定是考虑要给她留面子，否则她就太下不来台了。

当年买的鞋子和衣服，他竟然穿了这么多年。

东西还是品牌的好啊，那几双鞋子到现在看起来，也还是蛮像样的。

锦言想想自己这些年买的那些东西，真叫一个乱七八糟。前些日子她曾经一气儿丢出去五双"鸡肋"般的鞋子。那些鞋子都是她趁着网上的活动买来的，后来不是上脚不舒服，就是款式质量颜色什么的不如意，穿了几次后就放着不想穿了。她想，老放着也占地方，还看着肉疼，就干脆丢掉了。

丢掉是丢掉了，可想到浪费的那些银子，她的心里其实也是耿耿于怀的。

她的消费观念，是不是真得改改了？网上那些断码断号促销的衣服，她明明穿不了，可看着价钱喜人，又是大牌子的衣服，自己以往在实体店都不舍得买的，就果断下手拍了，可到手后也只能放着看。不是过大过小，就是过宽过窄，根本不能穿。

唉，适合自己的，才是最好的吧。

就像她和付晓。她知道付晓一直在让她。凭她的脾气，也许跟了别人一天要打八仗，可这些年她无论做什么，付晓除了好言规劝，都没和她红过脸。

是她自己太任性了。

锦言意识到这一点的时候，心里很惭愧。

日常生活是琐碎的，也是实在的，来不得半点虚头巴脑的东西。你不刷碗，碗就干在那里。

他们家以前都是付晓包揽家务，偶尔锦言也会良心发现，帮着做一点儿，可拖一会儿地就叫着累。付晓就说，你把做家务当成享受而不是忍受，就会有很多乐趣。

什么乐趣啊？锦言苦着脸问。

你看，你擦了桌子拖了地，家里这么干净，你不觉得是享受吗？付晓说。

我觉得是罪受。锦言丢了拖把。

付晓也不恼，笑笑着接过来继续干。

谁干活不累啊，付晓累了，她才能够歇息，她以前怎么就一点儿也不知道心疼付晓呢。

锦言睡不着了。付晓打过电话说，学习结束要回来了，她不能让付晓一进门就绾袖子干活，她得给他点时间休息。

破天荒地，锦言开始做家务了。她半夜起来把卫生做了一个遍，做完后累得倒头就睡，差点儿没赶上上班。

付晓进门时，简直不敢相信自己的眼睛，"锦言，家里这么干净啊，你请了家政？"

锦言一愣，想到王飞还的钱还没凑齐，鬼使神差般地撒了谎："嗯。"

"哦，家政收费现在都挺贵的，我出去这段时间，你没少在这上面花钱吧？"付晓问。

"是啊。"锦言把谎扯到底了。她真怕付晓再问下去，那可就真的穿帮了。

好在付晓没多问，只说，"你一个人做家务太累，找人帮忙也行，不过现在我回来了，以后就不要叫他们再来了，我做就行了。"

"好的。"锦言的脸红了。

当然，那以后，他们不仅没"请家政"，连家务活儿，锦言也主动分了一半儿过去。

付晓直夸她，"哟，我这媳妇，越来越能干了哦。"

锦言有些不好意思。

后来终于等到开工资了，锦言凑齐了七千块钱，装作不经意地对付晓说："时间长都忘了，这是王飞还的钱。"

付晓不在意地接了过去。

锦言长出了一口气。

后来，付晓有个同学结婚，锦言在婚宴上遇到了王飞。趁着付晓上卫生间，王飞挤眉弄眼地笑着对锦言说："你们家付晓看着老实，倒够有意思的啊，还会导戏呢。"说着，伸出手来，做了个查钱的动作，"当面点清啊，七千块。"

"什么？"锦言突然意识到，有些事不是那么凑巧。

果然，王飞说出了真相："付晓不是在外出差吗，他给我打电话，让我给你送七千块钱过去，说你大手大脚惯了，家里的那些钱不够你造，怕你为难，也怕你不好意思，就让我说是还你们的钱。"

锦言闻听如雷轰顶。

王飞继续笑道："你不知道的事还多着呢！这个付晓，为了顾全你的面子，还真是费尽心机啊！"

她突然想起来了，前几天给付晓洗衣服时，在他钱夹里发现了几张似曾相识的卡，当时还以为是自己眼花呢。

待付晓从卫生间回来，锦言找了个借口，说要拿点零钱备用，拿过了他的钱夹。

可不正是嘛！一张美发卡，一张汗蒸卡，一张影城的卡，整整齐齐地排列着！

怪不得，那天当面交钱取卡的女孩子有些面熟，王飞老婆戴上墨镜后，可不就是那样子嘛！

真是丢死人了！看刚才饭桌上王飞老婆看着她，笑得那个样儿啊！

那天中午婚宴很丰盛，可锦言食不甘味，脸通红通红的，跟做了贼似的。

回到家后，她严肃地问付晓，到底是为什么。

付晓起初还装迷糊，看锦言盯着他不放脸，想到饭桌上王飞两口子诡秘的笑容，不得不承认了。那些事真是他让人做的。

"知道是你！可是为什么？有什么你就不能直接和我说吗？你故意让大家知道你娶了个败家娘们儿是不是？你让我的脸往哪儿放！你想显得你多宽容大度是不是？"锦言一下子爆发了，摔了手头的抱枕，回娘家去了。

付晓跟来叫她，她也不回家。甚至，她请了几天假，班也不上了。

她真是气愤难消。

她以后还怎么见王飞两口子，还怎么见付晓的同学们？！他们还不知道会怎么埋汰她呢！还有，小城就这么大，人不这样认识就那样认识，要是这些传到她的同事同学耳朵里，大家会怎么笑话她呢？

这日子，真是没法儿过了！

都是那个可恶的付晓！

妈妈和嫂子都来劝锦言回去，锦言劈头盖脸就是一炮："你们不用劝我，要是嫌我吃你们的饭了，我直接走就是。我就是走，也不回那个家去。"

妈妈长叹一声："锦言，你怎么还是这么小孩子脾气。你就不想想，这么些年，有谁对你能比付晓更好吗？"

锦言愣了愣。

嫂子也说："原先我小气，说白点儿，就是个吝啬鬼，你有时回娘家来，我也嫌你在这儿大大咧咧地吃啊喝啊的，心里不高兴。付晓后来一听说你要回来，就赶紧提前买了东西送过来，说你喜欢吃娘家的饭，这里的饭合你的口味，麻烦我们给做什么的，还不让我们告诉你。你说人心都是肉长的，他这么仁义，我们怎么好再计较？"

这也是锦言从来不知道的事！

之前她一直以为付晓的事没有她不知道的，工资那么少，人就那么点本事，过来过去，她觉得两人早就进入老夫老妻的行列，再也没有激情，也不要说什么爱了。甚至，她都想不起来，她有多久没有好好看过付晓了。

可人们嘴中的付晓，怎么就和她印象中的不一样呢？她是不是得重新认识他了？

　　她懒惰，她自私，她任性，他就那么不动声色地包容着他，替她化解着一切尴尬，静静地关注着她，慢慢地等着她长大！

　　锦言此时才觉得，选择付晓，自己有多么幸运！

　　她拨了电话给付晓，没头没脑地问了一句"你还要我吗？"

　　付晓脱口而出一句："傻话！没你我怎么过啊？"然后急急交待道："楼下等着，我接你去！"

　　站在楼下，看付晓远远地跑来，一直跑到跟前，锦言的眼泪一下子流了出来。

　　付晓竟然都有皱纹了，这就是这些年来，他等她长大，为她付出的代价！

　　"哭什么啊？人要不知道，还以为是我们哪个给你气受了呢，让人笑话。别哭了啊，咱回家去。"付晓拉过她，向楼上阳台站着的妈妈和嫂子挥了挥手。

　　到了小区外面，付晓去拦出租车。

　　"不打车了。咱们走回去吧。"锦言说。

　　"我怕你冷。"付晓搓着她的手。

　　"有你陪着，我不冷。"锦言说。

　　"好吧。"付晓呵呵地笑着，居然红了脸，像当年他们两个相亲的时候。

　　两个人沿着人行道慢慢地走着，手拉着手，宛然一对热恋的情侣。

"你……"付晓悄悄转过头看着锦言，不知道说什么好。

"嫂子什么都告诉我了。"锦言说。

"哦"，付晓不好意思了，"其实嫂子人本来就挺好的。"

"在你眼里，是不是人都挺好的？"锦言忍不住抢白了他一句。

付晓笑了笑。

"还有我爱乱花钱的事，你为什么不明着提醒我？"锦言又说。当然，她这是在耍无赖了。

付晓拉着她站定，"我提醒过你，可你不以为然。也许，你只是记不住吧。"

"所以你就任由我透支，然后导演那么一出戏？"说到这里，锦言还是有怨气。

付晓叹息了一声，"也不完全是。我是想，总会有这么一个过程。"

"嗯？"锦言不明白。

付晓说，"结婚前你妈，哦不，是咱妈，她告诉我说，家里以前有些重男轻女，哥哥要什么买什么，对你苛刻了些，你穿的衣服和鞋子，很多都是表姐们穿剩下的，女孩子们都是宠着长大的，可你却受了很多委屈，她让我以后好好对你……"

这又是锦言不知道的事！

她每多知道一些事，就多一份愧疚，也对亲爱的家人们多一些感激。

付晓接着说："你爱买东西，我想这是你在弥补以前的缺憾吧。在你做女孩子本该最美丽的时候，你在物质上却是贫乏的。我想，要是你能通过对物质的满足，达到精神的满足也是好的。所以之前我并没有特别限制你。只是后来，你……"

"我太过分了是吗？"锦言已经知道了自己的毛病。

"入不敷出就不好了。咱们都是小老百姓，办事还是要量力而行。"付晓说。

他什么道理都知道，可为了让她真正懂得，他费了那么多心思，采取了那么迂回的办法！

也真是苦了他的一片心了。

妈妈说得对，这世上，还有谁对她比付晓更好呢？

"唉，还是我没本事，我真怕你跟了我，委屈了你。"付晓说。

"唉，终归是我不好。我真怕你娶了我，委屈了你。"锦言也说。

付晓笑了起来，"怎么会？你看你现在变得多温柔贤惠体贴懂事啊！"

"就是！"旁边有人接话。

原来是王飞两口子。

王飞说着他媳妇："好好向人学习啊！"

她媳妇白了他一眼："你要是对我跟付晓对锦言一样，我就跟她一样好！"说完，她又冲锦言说了一句："真是羡慕死你了！"

锦言从来不知道，自己也有让人羡慕的时候。敢情那天婚宴上，人家投来的全是羡慕嫉妒恨的眼神啊！

锦言笑道："我也羡慕你呢，多好的身材和腿型啊，穿裙子这么好看！"

王飞不屑地哼道："她？臭美呢！也不怕冷。"

他媳妇还嘴道："不冷啊，不都立春了吗！"

锦言赶紧帮腔，"就是就是，都有春风了呢。"

四人分开后，付晓笑问："你还真是信口开河，哪儿有春风啊？"

锦言认真地说："真的有，要是没有，我的心都冷了，还会跟你回来吗？"

"是吗？"付晓故作吃惊地问。

锦言点点头，"嗯，春风十里等到你……"

爱买东西是女人的天性，每个女人都希望自己打扮得美美的，走出去光光彩彩的，只是当家庭或者薪资达不到你所想要达到的物质生活的那刻，你就要有所思考，有所节制。试着学会理财，将你的闲钱最大力度地发挥出来，理财的女人知性而美丽，也能过上更美好的生活。

痛定思痛，你成了我最熟悉的陌生人

快乐和张俊的网恋，和别人演绎的此类故事没有太多不同。

也是偶然相遇，很快熟悉，彼此吸引，之后每个夜晚都坚守在电脑前，痴痴地向对方诉说着满屏的情话。

后来，他们在彼此都强烈地想要直观感觉的时候，开始语音和视频，直到然后，电脑的鼠标键盘也无法承载那份爱恋。

他们每时每刻都想感知到对方的呼吸，在两人不能通过电脑联系的时候，他们就频频通过手机联系。

那段时间，快乐像换了个人，眼睛出奇地明亮，脸上总带着笑意，对生活的热情空前地高涨起来。

世界在她眼里似乎变了模样，可爱得让人感动。

那时快乐刚应聘到一家小公司做文员。对于这份工作她起初并不满意，因为公司员工少，一个人要当几个人用，作为一名新人，工作的繁杂琐碎是可想而知的。而且待遇也低，除了基本的薪水，几乎没有什么福利。

她不是没有想过跳槽，在她私下另找的几份工作中，有些的确比现在这个要好。她之所以坚持没换工作仅仅因为，她在这里出于工作的便利，可以悄悄挤出时间上网和他联系，或在办公过程中忙里偷闲地用手机给他发几条微信过去。

那段时间，她把生活的重心全部放在了张俊的身上。

　　她习惯了白天黑夜无间隙地和他腻歪，即使站在夜晚回家的公交车上，也会在晃动中盯着手机屏幕收看他的消息。她甚至在每晚熄灯钻进被窝后，还坚持用手机和他聊好久，否则就会失眠。

　　她为这份痴狂付出了代价。

　　原本很好的视力直线下降，并且有一天早晨起床后，她突然发现眼前有挥之不去的小黑点飘来荡去！去医院检查的结果，她居然得了通常是老年人才会患的飞蚊症，学名叫什么玻璃体混浊，医生诊断说，她这病是用眼过度引起的，必须引起重视。

　　闻听医生的警告，快乐也有些许的担心，可她对他的热情如火一般燃烧得正旺，她没有精力去关心自己。

　　接下来的日子，她还是一如既往地痴缠着他。

　　她觉得在两个人的感情中，她是自觉自愿的，所以患眼病的事，她对他只字未提，不想让他愧疚，不想增加他的负担。

　　她那么设身处地替他着想，可他的热情，还是在不知不觉中冷却了。她明显感觉出来，他对她的态度，已经一点点地淡下来。直到后来，他不再给她打电话，即使她打给他他也只是敷衍。之后就很少接，再后来干脆不听了。他那些曾经汹涌而至的短信，如今更是消失不见了。

　　她茫然无措，不知道自己做错了什么，可又不敢问他。在爱面前，她变得那般怯懦。

　　在辗转反侧难以入睡的夜里，快乐下定决心要问个明白，于是斟词酌句地发短信给他，可短信到了他那儿也像是遇上了吸星大法，没有任何一点信息反馈回来。

没办法，她只好上网找他。可他像是消失在网络那端了，除了一个挂在QQ上的头像，她什么也接触不到了。

她怔怔地，不敢相信事情的变故。难道，自己遭遇了网恋第一杀手的"见光死"？！

可当初他们语音视频后他说过，她的声音和模样都比他想象中的要好得多。他真是这么说的！

不过，他也说过，要是有一天失去感觉的话，他会慢慢和她疏远的。他也是这么说的……

这么想来，他是失去对她的感觉了？

总之，没有一句告别的话，他就再也没有任何消息了。

她不死心，仍旧锲而不舍地给他发短信、打电话、上网留言，他那边一点反应也没有。

她简直要疯掉了！每天都神经质般地联系他几番，直到有一天，她明白这一切只是她一个人的独舞，她邀请的舞伴，再也不会来了。她独自跳舞这么久，终于把自己跳累了，她再也跳不动了，不得不让自己停下来。

是的，她太累了。失望失落失意，诸多情绪压迫着她，她真的累极了。她苦笑着想，人要是能失忆该有多好！

她的心剧烈地痛着。他不再做任何回应的残酷事实，像锋利的刀刃一下下地割伤她的心。明知道坚持无果，她却仍固执地想要听到他的一句明确答复。

　　她也知道，其实她是在自欺欺人。但她就是接受不了这个事实。

　　他不落任何痕迹地从她的世界蒸发了，这是个太为嘲弄的结局。她在等他哪天变成雨滴再落下来，落到她的视野里，她要让他知道，自己一直在等他！

　　可他没有来……他还是没有来……他终究没有来……其实她早该知道，他不会再来了。可她，还是要遥遥无期地等待……

　　直到有一天晚上，她独守电脑的时候问自己，这样的坚持值得吗？她的坚持和幼时听过的芦花鸡和土豆的故事多么相像！

　　有只芦花鸡总是丢蛋，主人很生气。后来，觉得它快下蛋的时候，就把它放进一个草筐里，再扣上一个半破的筐。它只能把蛋下到筐里。

　　后来，不再扣筐了，只在它肚子下放一个鸡蛋，说这叫引蛋。于是没筐扣着，芦花鸡也不跑了。

　　再后来，放进去的是两半对接的蛋壳。

　　最后，放进去的只是一个半圆的土豆。

　　那个土豆在草筐里待了整整一个夏天，又黑又蔫，到秋天时已经缩得很小。可是，那只挺野的芦花鸡，却因为这个土豆，再也没有丢过一个蛋。

　　她的网恋，其实也在重复着芦花鸡和土豆的故事！他在她心中不知道什么时候，已经由一个看不见的"引蛋"，迅速成长为一块坚硬的石头，挡住了她的眼睛，牵制了她的思维。现在他都表明结束了，她还在朝着这个早已朽掉了的方向冲锋！……

她不再等待了，不再等了，她要忘记他！

要忘记他……

她告诉自己，一定会忘记他！

她不能爱他，因为他深深地伤害过她。她亦不会恨他，因为她深深地爱过他。从此以后，他只是她最熟悉的陌生人……

有时我们会发疯地爱一个人，其实，痴迷过后，醒悟过来，却发现我们爱的，却是我们自己，是自己变幻出来的影像。当对象不愿成为影像时，自己也会被抽空了一般。每个经历过伤痛的女人，都会在伤痛过后做出正确的选择。所谓不破不立。人不要为曾经的付出后悔，那些曾经伤害过我们的人，只是在陪我们成长而已。

你说的爱，反反复复不确定

在这夏季的夜晚，惠无疑是一个寂寞的女人。她独自一人待在音乐流淌的房间里，任空调吹出的微风轻轻拂过松松盘起的发髻，长长的脖子显得有些失落。

没有电话，也没有短信，惠只好空等着，她这里又成了被遗忘的角落。其实她也知道，李川今晚不会再来了。

夜渐渐深了，四周逐渐安静下来。惠站起身来，神经质地四下走动。这个装饰精美的房间内色彩纷呈，她的内心却苍白无比。

她在一次喝醉时，曾经大声冲李川嚷着，说自己是被他囚住的鸟。她痛哭流涕，哽咽着唱道："我是被你囚禁的鸟，已经忘了天有多高，如果离开你给我的小小城堡，不知还有谁能依靠。"

李川带着无奈的笑把她抱在怀里，耐心地劝慰她，要她相信他是爱她的。她在迷迷糊糊中告诉自己应该信他，于是擦掉眼泪，依着李川沉沉睡去。等她醒来，独自对着窗外的月光时，却又清醒地知道，李川的爱是多么有限。

李川一个月也来不了几次，有时即使来了，也待不了太长时间，还得匆匆赶回家去。更多时候，是她一个人面对无边的黑夜。

惠不停走动着，撒有橙色碎花的乳白色纱质吊带睡裙中，露出圆润的胳膊和大腿来。她的发髻不知道什么时候散开了，头发瀑布一般披下来，她也懒得收拾，随即换了张CD，开始随着激烈的乐曲晃荡，直到出了满身的汗，感觉彻底累了才作罢。

冲了冲澡，面对浴室大镜子里面美丽的自己，惠顾影自怜，她抚着自己的面颊，叹着如水流逝的岁月。

李川的电话来了，声音压得很低："她出差回来了，我不能去陪你了，对不起！"

她直接挂断了电话。对不起？呵，李川说对不起的时候太多太多了。

其实，这也不能说是李川的错。李川不欠她的，说到底，他们只是愿打愿挨。

可是，每当李川接到电话躲躲闪闪、找着各种借口好在此留宿时，她就觉得自己受了莫大的侮辱和伤害。

那时候她就会变得极不耐烦，甚至变得狂躁起来，她总会胡乱地把李川的东西收拢到一起，怒吼着让他立马离开。

而那时候的李川，一改平日的笃定和从容，看起来疲惫且无助。

李川和他的妻子有着最传统的婚姻历程，算是患难夫妻，他们风风雨雨这么多年走过来，李川一直是人们眼中的顾家好男人。但是，他依恋惠带给他的新奇感觉。

惠简直是天底下最可爱的尤物，她那么年轻，又有着张扬的美丽和鲜明的个性，跟温和腼腆的妻子是截然不同的，这些都深深地吸引着李川。

是的，惠注意任何细节的美丽，她清爽、白皙，虽然有些丰满，但这给她平添了一种成熟的风韵。她的指甲修剪得整整齐齐，她的眉毛修理得眉线分明。她穿时尚性感的衣物，脚踏让男人方寸大乱的恨天高。每当她带着若有若无沁人心脾的香水气息袅袅婷婷地出现在李川面前时，他总要暗叹一声：这才是女人！……

而且最重要的，惠根本不需要男人养着，因为惠本人是个高级白领，收入颇丰，她所要的消费，自己就可以打发。

他看准了工作中的惠虽然精明强干，可是，出了写字楼的惠却是无比寂寞的。因为他和惠微信聊天时她透露过这些信息。她说自己有男朋友，准确地说是准老公，可是，他从来没有带给自己想要的感觉。

惠抱怨说，男友的人温吞吞的，他的爱更是温吞吞的，让她一直没有达到沸点。但他反过来却抱怨惠是一块拒绝融化的冰，于是惠的孤独，只有写在苦涩的笑意背后。

知晓这一切后，李川不失时机地追了上去。中年男人的爱是火热的，带着积累和沉淀。他自信能带给惠从未感受过的激情，而的确，他的一切都是惠渴求的，所以惠愿意为他燃烧。

他们秘密在一起了。甚至，他们没有认为自己不道德。

因为他们认为自己只是在相爱，与金钱名利无关，而且都对彼此也没有什么破坏性的要求。

他们曾经努力地什么都不去想，只要两人开心就好。可是，惠终究觉得无力承受生活的真实。她已经意识到，目前的自己只是在自欺欺人而已。

几天后，惠好像淡忘了自己的决定。她欣喜地又一次迎来了李川。可是，李川没坐稳就接到了家里的电话，他仓促地要急着离开。

惠变得歇斯底里，她把音响声音开到最大，逼迫李川听。

音箱里传来彭羚幽怨的歌声："我是被你囚禁的鸟，得到的爱越来越少，看着你的笑在别人眼中燃烧，我却要不到一个拥抱。"

李川苦恼地揽过惠，拍着惠冰凉的后背："乖，别闹了，下次再来陪你，好吧？现在我真得走了。"

惠冷冷地命令道："听完！"

歌声在继续："我像是一个你可有可无的影子，冷冷地看着你说谎的样子，这缭乱的城市，容不下我的痴，是什么让你这样迷恋这样地放肆！"

李川还是走了。

他抱歉地笑着，从惠身边轻轻走过。他的衣角扫过惠的手指尖，带走了惠身上最后一点温度。

第二天上班前，李川赶到惠的小屋，因为他有一种不好的预感，总觉得有什么事要发生。

果然，惠不见了。

他的物品还在，可她的东西收拾得一点不留，甚至垃圾也倒得干干净净。

李川徘徊着，惠走了，他却依然清晰地感觉得到她在此留下的痕迹。

她的气味还在。

她的委屈也在。

惠辞掉了原来的工作，换掉了手机卡，像从人间蒸发了一样。

李川一次又一次独自来到惠租住的小屋，房租到期，李川续交了，他幻想着，也盼望着，也许，惠有一天会回来。

他偶尔一次拉开抽屉时，发现了一张揉皱的纸，正面潦草地写着一些字句，他仔细辨认，那是惠的字迹，看了又看，他看明白了，上面写的是一首歌的歌词，那就是惠曾经反反复复听的《囚鸟》：

　　我像是一个你可有可无的影子

　　和寂寞交换着悲伤的心事

　　对爱无计可施

　　这无味的日子

　　眼泪是唯一的奢侈

　　我的眼泪

　　是唯一的奢侈

　　……

　　而纸的背面，有几个大大的字：不是自己的，千万不要伸手，否则将是自投罗网！

　　一个人被自己囚禁着，是一个心魔。

　　当心魔解除了，她就解放了。

　　自投罗网，这四个字，正是许多有着凛冽青春的女孩子，在遇到一份自以为是的感情时惯有的态度。

　　她们只要爱了，就会义无反顾。

　　只是很多东西，原本不属于你，执意下去的话，只会把自己伤得更深。

念念不忘的风情网事

总会有一些人出现，旎丽了你的时光。可能只是网上的偶遇，你也曾驻足，相信，深爱，难过，甚至念念不忘……

我郑重邀你参与我的人生

去年初的一天，我在街上碰到以前在一栋楼上住着的胖嫂，她央我为她儿子杨波介绍对象，说他快三十了还单着，成家的事一点着落没有。

"他是不是太忙，顾不上谈恋爱啊？"我问胖嫂。

据我所知，杨波上的是好二本，毕业后不久进入桐本路的一家贸易公司，颇得老总赏识，两年后还被提拔做了副总，事业发展很有空间。

胖嫂摇摇头："也不是。他再忙，也没忙到那份儿上。"

"那，就是他眼光太高了。或者，他有自己中意的对象？"我笑道。

杨波是个出色的年轻人，长得清爽帅气，做事低调干练，他不张扬，可他的智慧就从他的举手投足间自然流露出来。这样的男孩子，不会等到人来为他介绍对象，也不会没有爱情故事。

胖嫂犹豫起来："我也不知道咋回事，看他也不像谈着的样子，再说我也问过了，他也说没有。其实给他介绍的女孩子很多都不错，可他就是看不上眼。"

说罢胖嫂唉声叹气："谁知道他想找个啥样的啊，我都快愁死了！你就帮我个忙，多给他介绍几个呗，没准哪个就成了呢。"

我答应下来："好吧，冲着楼上楼下住了几年处得不错的交情，这忙我也得帮。我先想办法问问他咋回事吧。就是要给他介绍对象，也得有的放矢吧。"

几天后，我约了杨波。

他一见我就苦笑："是我妈讹你来保媒拉纤的吧？"

我不由笑了，看来杨波对胖嫂的安排很无奈。

杨波很直率："知道你们都是为我好。这样，我告诉你我的故事吧。我要说我没有谈过恋爱，你肯定也不相信。

我没想到杨波全心投入的初恋会是一场网恋。

除了抽烟，还真没有见杨波有别的不良嗜好，他坐在我的对面，烟雾缭绕，让他的话听起来也像是回忆片中的话外音：

从上高中开始，我就不断接到女孩子或明或暗的表示，但在大学毕业以前，我一心扑在学习上，对别的事情很漠然也很迟钝，所以，我没有对谁有过感觉。真的，我是一个以学习为乐趣的人，还好我没有变得迂腐。

毕业后，在一次人才交流会上，我遇上了陈总，成功地把自己推销了出去，我直觉他会接收我，而且我知道我的付出会有相当丰厚的回报。

在我之前，陈总没有在公司另设副总。从我进入公司开始，他把好多事都交由我处理，一直都在重用我、培养我，让我不敢有丝毫懈怠。让一个规模不大的公司生存发展不是一件容易的事，我真就是把公司的发展当成了自己的事业。

我和陈总配合相当默契，他经常说，我们是1+1＝3的好搭档。

我太忙了，没有很多时间考虑个人的问题，我唯一的放松方式，就是抽空上会儿网。

在网上，我遇上过一个心仪的女孩，她网名叫南方剑。

在认识她之前，我曾以一首诗为自己的处世原则做了总结：友情诚可贵，爱情价更高，若为事业故，二者皆可抛。其实这是大学时一个骂我不开窍的女孩子送给我的，只是她当初说的不是事业，是学业。

但南方剑很特别，也很智慧，我承认自己被她吸引了。我不喜欢和愚蠢的人打交道，虽然我可能占到很大的便宜，可那会让我觉得自己的胜利没有价值，更没有意义。和聪明的人相处会很容易，大家心有灵犀，很多事一说就透，不必虚伪，也不必说那些场面上的客套话。

南方剑是师大毕业的，我和她说了我的情况，她教给我很多东西，让我借鉴。

我记得最清楚的一次，她说，作为男人，应该把一份心仪的事业当成自己奋斗的目标，怀着雄心壮志，全力以赴，以期建造一个自己的王国。不过在此之前，也许得从辅佐别人做起。其实帮别人打江山的同时，也是在为自己闯天下。

她告诉我，苏轼认为，贾谊才学虽高，但不能审时度势，以致郁郁而死，未尽其才。苏轼从贾谊的际遇总结道："贾先生志大而量小，才有余而识不足也。"

她要我明白，是陈总给了我施展才能的机会，我必须知恩图报，才能给自己增加发展的资本。

我很感激南方剑的指引。我为公司办事时，总是思前想后，尽善尽美，不仅是不想辜负陈总的期望和信任，更多时候我也是在给自己练兵的机会。

而陈总也不仅是把我当作他的下属，前些天他说，如果公司继续稳定发展，他会资助我，让我另起炉灶自己做老板。我很清楚他对我的情义，因为极少有打工的人会这样幸运。

事实证明，南方剑说的都是对的。陈总明知道有一天我会抢了他的市场，可还是给我创造一切机会。陈总和我说过，他希望他培养出的人能青出于蓝而胜于蓝，至少能和他势均力敌。

你们都想象不到吧，我和陈总就这样结下了常人难以理解的深情厚谊。我也由此，对南方剑产生了一种从未有过的感觉。

南方剑和我们同城，可在我们相约见面之前，我们从来不知道这座城市中还有彼此，这世界真的是说大就大，说小就小。

我曾问过她，一个北方的女孩，为什么会起"南方剑"这样的名字。她说，在人能够完全接受逆向思维的时候，她这把剑才具有杀伤力。

后来我才明白，她这句话是有很深意义的。她相貌的过于平庸甚至可以说丑陋，和她思想的美丽、思维的敏捷，在那时的我看来，是极不相称的。

那时，我们在网上聊得挺有感觉，我对她真的动心了。她是我见过的第一个网友，也必是最后一个。因为我终于明白了虚拟网络的残酷性。

她严重打击我了，真的，见面之后，我对她的感觉一下子消失了。她的样子和我想象中的相差太远，我不能把面前的她和网上的她统一起来，那天我反反复复问了三次，你真是那个南方剑吗？这深深地伤害了她。

我自认为不是一个浅薄的人，可我那时就是不能勉强自己的感觉。我简单地和她说了会儿话，就借口公司有事，拦车走了，我把对网络的失望和怨恨完全转嫁到她身上了。这是我有生以来做得最没风度的事。

后来，我平静下来的时候，上线找她，她却再也没有出现，只给我留了一句话：很抱歉令你失望了，但那不是我的错。

我伤她太深了！我只知道她是个教师，别的什么也不知道，我连说一声对不起的机会也没有，我不能原谅自己。

从那以后，我越觉得对不起她，就越想要补偿她。我的心里，已经没有位置存放别的女孩子了……

那天杨波讲完这些，接到公司电话有要事得处理，匆匆离开了。临走时，他要我转告他妈妈，不要在相亲这件事上苛求他了。他的心结一日未解，一日就不会考虑此事。

我闻听唏嘘不已，只能求世事不要这般捉弄人，让杨波早日解脱。

不久后，杨波打电话给我，说他自己的公司在陈总的鼎力相助下成立了，想让我做电大副校长的同学，派人去给他们的新员工做一下培训。

我当然乐意帮忙。

当天晚上杨波专门登门，说了很多个谢谢。

"至于吗，这样的事？"我让他不要太客气。

"你想不到吧，电大派来的讲师，就是南方剑！"杨波抖了个大包袱。

我愕然了。

杨波笑道："我不唯心，可仍相信命运让我和她再次相遇，一定有它的道理。我不想再迟疑了，我没有太多的时间和精力去重新接受另外一个人。"

我问杨波："现在再看，是不是觉得南方剑好看些了？"

杨波笑了："她是什么样子会一直是什么样，只是我再看到她的时候觉得顺眼了，真的。至少，她比吕燕好看吧，可是吕燕都可以成为世界名模，被大家最终接受，我为什么就不能接受她呢？"

他顿了顿，继续说道："我反复想过，我认识的漂亮女孩那么多，为什么那么多人在我这里都成了过眼云烟，而我只记住了她呢？这说明我对她不仅是有愧疚，更重要的是，这么多年以来，没有别的女孩能在思想上超越我，指导我吧。我需要这样一个智慧的女子参与我的人生。这一点，我已经郑重向她表达了。"

呵，他用了"需要"这两个字。这个杨波，总是这么理智有余、情趣不足。

但谁让南方剑不在乎呢？

胖嫂喜滋滋地送喜糖给我，杨波的婚事，终于定下来了！

南方剑的睿智是一把利剑，穿透了骄傲者杨波的心，让他永世难忘。

一个人的容貌只会是最初的吸引，真正的魅力，却是她（他）的睿智。而杨波最终懂得了正确对待网络的虚幻，取其所长，和无法忘却的南方剑走到了一起。

这比那些只看颜值不问内涵者，要理智很多了。

放开你，回到我自己

她是我新加的一位QQ好友，网名叫归雁。

关于这个名字的由来，她自嘲地说：大雁春天北飞，秋天南飞，候时去来，故称"归雁"。我因为想要那份自己认定的爱情，这些年来义无反顾地跟随他四处漂泊，就跟大雁因追逐适宜的气候每年都要艰辛地迁徙几番一样，所以借用了"归雁"二字。

而她接下来讲给我听的，关于她和那个"他"的爱情故事，果真让人唏嘘不已。

归雁的家在北方的一座小城，她是家中的老么。当年大学毕业后家里想尽一切办法，把她安排进了当地的一个事业单位。

有一份相对稳定的工作，又有着青春无敌的美丽，给她介绍对象的人还是很多的。再说她本人的脾性又好，总是笑眯眯的，从来没有和人红过脸，也从来不和人计较什么，对她中意的男孩子颇有几个，他们的条件也都还不错。她本来可以按照家人的期望，找一个门当户对的男孩子嫁了，四平八稳地度过一生。

可他出现了。

他是单位聘用的临时工，年纪比她还要小两岁，脸上却有着与年龄不相称的忧郁和阴沉。

小城不大，隐藏不了太多秘密。关于他的一些事，很快在单位悄悄传播开来。

他的父亲在他初中毕业那年因病逝去，母亲素来懦弱无能，之前只会做做家务，周围又没有亲戚朋友愿意帮衬，没有了收入来源，他不得不辍学。

为了生计，他开始学着在农贸市场贩菜卖菜，却总遭同行挤对。而前来帮忙的母亲更是常常遭人欺负，总是悄悄抹眼泪。那时起他就知道，所有的事都得自己出头。

于是他豁了出去，挺着瘦弱的身板，用拳头打出了立足之地。那之后，他的眼神一天比一天阴霾凌厉，心也一天比一天硬起来。

他一个卖菜的小子，后来不知怎么被一个富婆看上了。富婆寡居，有都是钱，而他虽然努力赚钱，要想过上理想中的好日子，却也不是易事。曾经心高气傲的他，居然被那个富婆包养起来。

归雁还听说，他的这份临时工工作，也是那个富婆帮着介绍的。

据说是他自己想体验一下当"干部"的感觉。幼时的生活环境、长大后局限的生存空间，使他一直对公务人员有着一种向往。他来这个单位，也是想找一下想要的感觉。

知道他的来历后，同事们对他很是鄙夷，那样的目光让他手足无措，很是难堪。他勤快地做着一切别人不愿做的脏乱累的活儿，却仍得不到应有的尊重。

他一天比一天沉默。直到有一天，归雁加班晚走时，无意间发现等着人走完后打扫卫生拖地的他在黯然落泪。

那个男人的忧伤和眼泪，在那一刹那融化了她。

归雁疯狂地爱上了那个男子。她给予他全部的温柔和呵护，不仅为了他跟出语伤人的同事翻脸，甚至不惜跟家人决裂。她原谅他不堪的过去，想要用自己的爱抚平他曾经的伤痛。

可他并不领情。尤其是富婆得知后闹到单位来，更让他觉得大失颜面。

他把这一切都归罪于她，愤而离职，只身去了南方。

他走时一句话也没有跟她说，甚至扔掉了手机卡，任她抓狂欲死，也联系不到他。

可她还是千方百计地弄到了他的新地址，她没有和家人及单位打一声招呼，就直接离开生活了多年的小城，径直奔他而去。

她找到他的时候，他也不是没有一点感动。之后两个人患难夫妻一般，共同生活过一段时间。可不知道从哪一天起，拮据的生活让他再次烦躁起来，因为一句无关紧要的话，他对她恶语相向大打出手后，再次出走。

在那个依旧陌生的城市，站在人潮汹涌的街头，她泪如雨下，她是真的伤心了。

可哭过之后，她开始担心他，他走时没有带钱，天凉了，他甚至没有穿些厚点的衣服，他要怎么过？

她心软了，再次寻他而去。这次，又追他到了一个她之前从未到过的地方。

那些年，归雁因为他，离自己的父母家人、离曾经温暖的家，越来越远了。

她小心翼翼地维护着他的骄傲和自尊，努力地打工赚钱，想让他过得好一点。他有时也会良心发现好好待她，有时也会出去找工作，可都持续不了太长时间。

归雁为了那份她认为的爱情，苦苦坚持着。

别人的失落大都挂在脸上，而她的失落却是丝丝缕缕刻在心里的。那些无孔不入的侵略，经常让她的心在难眠的夜晚疼痛痉挛，却无以慰藉。

她学会抽烟了。在他一次又一次夜间游荡在街头不肯回家的时候，她独自一人的等待太过孤单，除了香烟，找不到什么可以用来陪伴。

甚至，她照着歌中教的样子，把他的名字写在烟上吸进肺里，放在离她心脏最近的距离，借此来寻求和他的接近。

可无论她把多少对他的思念燃尽成灰，却很难赢回他更多的怜悯。他已经许久没有点亮过她的夜晚。

归雁的绝望，没有体会是想象不到的，那就是无论她怎样付出，他都一直在她触摸不到云深处。

她都不知道这些年自己的付出是不是已在不知不觉间演变成了一种习惯。她似乎在那些习惯里，把自己弄丢了。

漫漫长夜里，她不停地在书中寻找着自己的故事。

终于有一天，她看到一幅叫作《寻爱》的四则漫画：我用5000年的时间来寻找你。找到时你已死去。我又用5000年的时间来忘记你。忘记你时我也死去。

那些阿路龟的简单写意让她惊醒。

当天夜里，她在台灯下伸出手去，看到被烟熏黄的手指上，只有自己对他的怀念，却没有他愿意留给她的美好记忆。

归雁苦笑着对我说：既然上天注定我得不到奢望的爱情，我就该多关爱自己一些，从他的世界隐退。

是的，她要离开他了。

她说她相信，放开他，她一定能找回自己……

有种爱，叫飞蛾扑火，对于当事者，也未必知道这到底是为什么，但就这样义无反顾地扑过去，把自己烧为灰烬！

有这类女子，她一旦爱了，爱情就是她的全部，她会爱得连自己都失去。可惜她爱上的是个浪子。

如果她不知道心疼自己，就会在这场消耗人的感情里灰飞烟灭。

女人，还是要爱惜自己，给自己留点本钱的好。

一场无关风情的网事

我和追风大侠是去年九月在网上认识的。

这些年来，我在闲暇之余逐渐摒弃了别的爱好，就喜欢在各网站的社区之间闲逛着看热闹。

我觉得在虚拟世界和人争斗没意思，所以，那时我很少发立场鲜明的主帖，只是悠然地看帖，笑着回帖。

于是，在某社区，斑竹发帖让评出一个"与所有人愉快相处"的网友，我也曾被提名。

其实在社区，争执是无处不在的。我本以为自己可以超然一些，但后来还是被卷了进去。

那是在一个社区的音乐论坛，我常去欣赏网友们上传的音乐作品，里面有很多原创，写词作曲配乐演唱确实不错。

那个论坛很多时候更像演出前的彩排，虽然不是太完美有序，但热闹非凡，每个人都竞相展现自己，像模拟着走在星光大道一样。

有一天，我心血来潮，也传了一首歌上去。我唱了一首大学时期常听的一个歌手简戈的歌，那首歌后来在小刚的专辑里也收录过。

那时我正处在一场无望的爱里无法自拔，那首歌特别符合我的心情：

"我也许是个笑话，用世界上最愚笨的方法，想要证明，付出代价，就可以得到你的报答！

"我也许是个笑话，用世界上最落伍的方法，为你守候，为你牵挂，在爱的路上为你出发，想第一个到达！"

我没有什么所谓的歌唱技巧，可能是唱得特别投入吧，发帖后反响还不错。

但很快，有几个人开始跟帖挑衅：

嗨嗨嗨，唱的什么破歌啊，学过声乐没有啊，没真把式就别在这儿丢人现眼了，聒噪人耳朵知道不？

我不是一个太和人较真儿的人，可对那样的轻蔑挑衅还是无法接受。

我正兀自气着，进来一个人挡驾：会说人话吗你们，有点培养新人的精神好不好？这论坛是你们家啊？要真是你们家呀，我估计你们自己个儿唱得再好，到最后就没人来为你们喝彩了，知道咋回事不？你们只愿意自娱自乐，把着地界儿不让别人进呗。

那个人就是追风大侠，他帮我解了围。

我发了个站内消息给他，向他表示感谢。

他说他只是偶尔出手，我一客气倒让他不好意思了。

简短的几次往来回复后，我就下线了。

后来，我不怎么上那个论坛了。一次偶尔登录时，弹出了站内消息，是那个追风大侠发来的。他说他仔细听了我的歌，觉得我是个有故事的女人，想同我交个朋友，并留下了QQ号。

我礼貌地回复说：抱歉，我没有太多时间上线的。

没想到那天他就在线，立即回复道：相信我，我不是色狼也不是恶棍，也没想和你来什么一夜情，我只是太闷了，想和你聊聊。

话说到这里，够透明的了，我再也没有拒绝的理由。

就这样，我们开始了网上交往。

他总是笑我整天端着，活得太累。

受他感染，我也觉得随心所欲地说话是一种放松，于是在那个论坛我也参战了，我变泼了，很多时候我和他一唱一和配合默契。

我们决定充当侠士，教训那几个总是在论坛里横冲直撞充大个儿的人，以其人之道还治其人之身。

只要他们发帖出言不逊，我和追风大侠就拔剑出鞘，跟踪追击，冷嘲，热讽，或是不冷不热。

我们明显感到那些人的狼狈和尴尬，恶作剧成功，我都要笑疯了。

追风大侠打趣说我是他的王朝马汉，我就揶揄他说，自己只是客串了几天牛头马面，他也只是阎王，因为我们也够阴的。

他大笑不已：好了，我们还是活在阳光下吧！

我们不约而同退出了无聊的战争。

其实追风大侠在那个音乐论坛有相当多的追随者，我听了他上传的好多原创歌曲，确实有专业水准。

当然，很多人也是这么认为的，他们给了追风大侠足够的认可。每次他一发帖，就跟帖者众多。

得到承认是鼓舞人心的事，他白天几乎都泡在那儿，和网友们互动。

后来我给他介绍了另外几个不错的社区，戏谑地说要和他"一起双双飞"。

追风大侠笑了笑，说，我是他幸运的、能够心灵之约的友人，我们两个谈天才是主业，和别人论剑，只能算副业。

我享受着和他交往的过程，从来没想过发展一下和他的关系。我们的交往就像一阵自由的风，在时光里轻盈地走，既没有标榜也没有解释。

他告诉我，他从一个不知名的音乐学院毕业，却梦想做一个知名的歌手。他总是唱着：我想超越这平凡的生活，注定现在暂时漂泊，无法停止我内心的狂热，对未来的执着。

他说，他暂时只能晚上在酒吧夜总会跑场子，但他相信自己是一块金子。

我说，我也坚信有一天你会闪光。

他说，其实他知道我很忧伤，我在等一个人，但那个人不是他。

我说，我也明白，如果有一天他也在为一个人等待，那个人肯定也不是我。

追风大侠故作遗憾：我这么优秀，可你竟然没有爱上我！为什么，你是一条小河，却无心从我的身旁绕过？

我淡淡地笑了：那是因为，你也无心，把你彩霞般的影儿，投入我软软的柔波。

我们都是在陪对方等待，就像两个孤独的旅人，相伴着走过了一段人生的路，但他不是我的归宿，我也不是他心的所属。

今年四月，追风大侠发来消息，他在市青年歌手大奖赛里，得了二等奖。

我真诚地为他欢呼为他祝福。

他等待的东西终于来了，而我，将一个人继续等下去。

我们遇上的时候越来越少，我也告别了那个音乐论坛。

一天，我登录QQ，追风大侠的留言跳了出来：

"你如一朵云，我如一阵风

萍水相逢秋雨中

风雨朦朦，天地朦朦

各有归程，脚步匆匆

迎面一个微笑，转身目光相送

不曾问过姓名，不为日后重逢

只因雨季太久，互赠一片晴空

请你一定，好好珍重……"

我的泪水悄悄地滑落，回首间，网事已逝。

我最后发了消息过去：你也保重……

虚拟世界，是我们制造的一个空间，一个真实的假象，一个供我们自在游戏的地方。

我们听着说，我们说着听，就这样，狂热的心慢慢冷静。

每个认真对待网络的人，网络也会认真地对待你。

说到底，网络也是有感情的，就像发生其间如上面这样无关风情的网事。

说到底，虽然无关风情，但一样刻骨铭心。

为人在世，需要的，不仅仅是爱情。

雨打窗台，我等你来

闫晓觉得他们家刘爽就是因为太好说话了，才处处让人欺负。

她和刘爽都是网购的忠实拥趸，两个人各有ID，在天猫某信誉良好的家居店买过很多东西，"双十一"前店里回馈老客户，送他们每人一张无门槛的50元代金券。闫晓高兴坏了，她看了很久的一款桌布，这回花一点点钱就可以到手。刘爽的那张，她准备买两个小收纳筐。网购促销的魅力真的是让人不可抵挡啊，想想闫晓就要乐得笑出声来。

"双十一"那天，她下单买过桌布，登录刘爽的号时发现，券已经用过了，买的是厨房用的围裙手套之类的东西。"咱家的不是好好的吗，怎么又买一套？"闫晓给刘爽打电话，很不高兴他的乱消费。

"哦，是雅莉趁着券买的。"刘爽说。

"什么？"闫晓很恼火，"我不是跟你说了要买收纳筐吗？"

"算了，她一大早就问我有没有优惠券，我有，总不能说没有吧？再说咱们是两口子，一家人，得点实惠就算了，店家本来就是想利用活动增加人气的，让别人也体验一下不好吗？"刘爽息事宁人地说。

闫晓登时气得说不出话来。

要是换作别人也就算了，可偏偏那个雅莉是闫晓最不喜欢的刘爽的同事。她曾和雅莉一起逛过街，一件衣服她明明相中了，可就是颠过来倒过去地挑毛病，死乞白赖地和人家讲价，人家店里来来往往都走了好几拨买衣服的人了，她还在那里死缠烂打。最后没办法，导购员直接打电话给老板，请示了好长时间，按A会员的标准给她打了折扣。

那天从早到晚只陪着雅莉买了一件衣服，闫晓郁闷得都要哭出来了。和刘爽说起时，他很无所谓："那怎么了？谁不想便宜点啊？省下来装到口袋才是自己的。"

闫晓怒目而视时，他还在解释："其实你以后也可以学着点……"

随着闫晓的一声长鸣："啊……！我才不学她！再也不和她一起逛街了。"刘爽把话咽了下去。

闫晓就是挺不待见雅莉的。谁的钱嫌多啊？要是钱多的话就直接刷卡买过走人了。但再讨价还价，也不能像她那样磨叽吧？

尤其这个雅莉，你占商家的便宜也就算了，这次怎么还打起我们的主意来了？后来每当闫晓进到那家店里看到原本要买的收纳筐，就气不打一处来。刘爽办公室里好几个人都由他介绍到那家店里买过东西，难道他们没有优惠券吗？怎么雅莉就偏偏要用刘爽的呢？还不是看他好欺负！

刘爽的同事小王也这么告诉闫晓的。小王说单位缩减开支，原本雇用的几个保洁员都辞退了，各楼层的卫生由各办公室轮流做。谁都知道周一做卫生最费劲，还总得评比通报什么的，周二到周五就只用简单做一下保洁。他们办公室就把刘爽排到了周一，据说他连个屁也没放，还做得很带劲！

"要我说公平起见，就得推磨式轮流，每个人周一都得做一下。"小王说。

"多大点事啊？至于吗？"闫晓捎话回来的时候，刘爽轻描淡写地说道。

"就是因为你事事不争、处处不争，他们才敢老拿你当垫背的！"闫晓恨铁不成钢。

"没有的事。在咱们家不也是我做吗？又累不坏人。"刘爽哄着闫晓，不想再讨论下去。

"咱们家是咱们家！我用你可以，他们不能！"闫晓抓了个抱枕砸了过去。

"好了好了，以后听你的，这种事我不做了啊。别生气，咱们不是计划着要宝宝吗，情绪太激动对备孕不好。"刘爽哄着她。

"说定了啊！再有这样的事我跟你没完！"闫晓警告道。

“记住了。”刘爽应着，点着头。

可不知道刘爽是记性不好，还是没把闫晓的话听到耳朵里，不久后他又故态复萌了。

那天是堂叔家娶儿媳妇，之前堂婶早就说要她和刘爽过去帮忙。这本也没什么，都是一大家子的事，他们俩假也请了，红包也给了，提前两天就开始帮着准备各种事宜，跑前跑后的。在刘峻婚礼当天，他们两个连早饭都没顾上吃，只想着这桩喜事能够顺利圆满，可接下来发生的事让她如鲠在喉。

由于新娘子家在偏僻的郊区，要横穿多半个城市才能到达举行婚礼的酒店。为避免堵车误了吉时，堂叔在市宾馆订了几间房，让女方和亲属提前一天入住，婚礼当天由刘峻他们拍婚纱照的店派来一个化妆师，婚纱盘头化妆什么的全部搞定，到了时辰由新郎官率一干人等迎亲，从这里直接去酒店。

本来这样的安排也挺严谨，待婚礼仪式结束后，陪女方来的客人吃吃饭，安排车辆送他们回家就可以了。可问题出在堂叔的亲家母身上，老太太觉得女儿找了个城里的人家，又买了一套三居室的新房，装修也下本钱，就一门心思想在亲戚朋友面前显摆一下，匆忙用过午餐后叫过堂叔，说大家都想去新房看看，认认门。

堂叔当时就傻眼了，婚礼当天用的车，好几个司机没吃饭就开车走了，本来嘛，车好车牌好，整天参与这些嫁娶之事，他们自己还有一大堆事要忙活，把新郎子从宾馆接到酒店，完成任务也就撤了。堂叔原来安排了一辆中巴准备送他们直接回家的。可亲家母觉得坐中巴，让她们那一方的亲戚朋友看了没面子，坚持他们安排轿车接送，一点回旋余地也没有。

本来这事轮不着和刘爽说，今天的喜事有主事的老总，可这样的活儿老总明显不想接，正是午饭时分，和谁打电话要急着用人家的车啊，还不是一辆。再说就是能打，也会让人知道这主事的老总考虑欠缺，掉了底了。

按说这事也不难解决，出租车公司就有很多轿的，打电话让他们派车过来，不显山不露水把事办了就行了，可堂婶满脸苦相，说没预备这个钱。眼看主事的老总找了个借口溜了，新娘子也不高兴地叫过刘峻问什么时候安排好，事情僵局之下，刘爽悄悄出去了。

闫晓生怕他又干什么垫钱出力的事，可问他什么他都不说，那天中午连饭也没有吃。她一直犯嘀咕，当时的情形她就在场呢，最后怎么就来了一流水的轿车，打发那些女方家的贵客看过新房，然后愉快返家了呢。是不是刘爽又做了冤大头啊？！

总之那天除了闫晓，皆大欢喜，连刘爽都是高高兴兴的。

闫晓后来无意间用刘爽的手机时，看到一条未来得及删除的短信，是银行的业务成交提示短信……

"原来那轿的钱是你垫的啊？！刘峻他们后来还你了没有？！"闫晓不依不饶。

"还了还了。"刘爽慌不迭地应道，"真还了。"

"在哪儿呢？我怎么没见钱打到你卡上呢？"闫晓翻着短

信问。

"我没来得及存呢，不又让景仁借去了吗？"刘爽说。

闫晓愤愤不平地把手机扔给刘爽。她还是信刘爽的，只是这个景仁，怎么总是借钱啊。

也是巧了，没几天呢闫晓竟在路上碰到景仁了，遂灵机一动张口要起了钱："我今天钱带得不凑手，急着买点东西，要不你拿刘爽的钱直接给我得了。"

景仁瞪着她，仿佛看到了天外来客："我什么时候拿刘爽的钱了？他老拿我的钱还差不多！当然，学雷锋嘛，咱也得支持不是，再说他每次也都还了的……"

闫晓一下子蒙了。

回到家中，她躺在床上不吃不喝，怄起气来。她的心中，从来没有这般难受过。

她以为她是了解刘爽的，可谁知道他背着她做了多少事？学雷锋学雷锋，任谁都听得出来景仁话里的揶揄和嘲讽，人家没说出的话里，不就是想说刘爽是冤大头，是窝囊废，是顶包的炮灰吗？再有，他总借人家的钱，到底是怎么还的？难道是在拆东墙补西墙？他可真不老实！回来再和他算账！

那天刘爽回来后，还以为闫晓身体不舒服，就让她继续躺着，他跟往常一样动手做饭。闫晓不领他的情，碗也不端，直接问他景仁说的是怎么回事。

"我不知道从哪儿说起……"刘爽说过这一句后，居然保持沉默了。

闫晓本来心里就不畅快，看这会儿刘爽吞吞吐吐的，那个火大哟！"不能和我说是吧？我还不听了！反正听了只是窝火别扭！你不是愿意当老好人嘛，就当你的老好人嘛，我觉悟没你高，离你远远地，免得耽误了你的大事！"

当即闫晓就收拾了东西回娘家去了，刘爽极力阻挡，可没拦住。

她没想到的是，妈妈没听她说完就断定是她不对："刘爽的为人我们了解，他不会做什么坏事，你好歹也有点耐心问清楚了，出门的姑娘了别动不动一有矛盾就往娘家跑，让人笑话……"

闫晓那个委屈啊："我不回来跟你们说还能去哪儿？我到底是不是你亲生的啊？"

"你啊，充话费送的！"妈妈嗔怪地打了她一下。

闻听不怎么开玩笑的妈妈说出这话来，闫晓哭笑不得，蒙着被子躺到床上，谁的话也不想听了。

妈妈犹在一边絮絮地说着："也难怪他有事不和你说。我自己的闺女，脾气我能不清楚？你指定听不了五成就炸了，他还敢张口？唉，也是我们把你惯坏了……"

闫晓更委屈了。她和刘爽谈对象的时候妈妈就对他说过，说闫晓被惯坏了，要他多担待。当时他是满口答应。婚后这几年，他倒是担待她什么了？傻瓜似的，总是被人算计，害得她总担心，还要为了他冲锋陷阵，和那些鬼头鬼脑的精细虫们斗智斗勇。

今年休年假的时候也是这样，科室别的人都抢着休第一批，因为谁都知道单位的活儿没准，一旦有事就休不了，刘爽这个老好人自然被排在了第二批。还是闫晓多了个心眼，只说她以为他休第一批，已经找熟人订好了去云南的打折机票，过这村可就没这店了，现在正是折扣最低的时候。那样诱人的差价让刘爽迟疑了半天，他看闫晓已经动手收拾起行装，也实在不忍扫闫晓的兴头，终于肯张口要求调批次。谁也没料到，第二批真的因公事被延迟了，到年底前能不能休还是两回事。刘爽回家都念叨好多天了，直说耽误别人没休成。

"那就该你不休？"闫晓听得多了，有些不耐烦。

刘爽就闭口不谈了。

现在想来，以前不管有什么事，刘爽还是挺乐意和她说的，只是总遭她抢白打击，说他瞎积极什么的，就不和她多说了。

其实闫晓不都是为了他吗？不管是在日常生活中还是职场中，从来都是适者生存。刘爽那样处处为人着想，也没落到什么好上。所以一定程度上闫晓不是为刘爽总做好事生他的气，而是为他做了好事没有得到好报而生那些人的气。

闫晓在家没有吃饭，跑到娘家来也要脾气不吃，半夜时分她饿得睡不着，只好偷偷出来找吃的。

妈妈开着落地台灯在看电视，看到她出来站起身说："都热了几回了，赶紧吃吧。"说完，关掉电视睡觉去了。

闫晓觉得很不好意思。自己也不小了，总是这么耍小孩子脾气，让父母也跟着操了不少心。

可她的嘴还挺硬。第二天是周末，她一早起床后帮着妈妈做饭，开始历数起刘爽的不是。

妈妈听着一直没有插嘴，后来她说到刘爽给堂弟垫了婚礼那天的轿的钱时，接口说道："你们小，还没有经过事，都说一分钱难倒英雄汉，没准儿那天你堂叔他们真是遇到难处了。都是一般人家，又买房又办事的，就他们的家底，能办成那样就不错了。要是有钱，市宾馆的餐饮部就能接待，用得着到新华路上的酒店？再说他们老刘家本来人就少，刘爽也不是外人，他出面帮忙也是应该的。"

"可他们也不能不还，装迷糊啊？"闫晓叫道。

"有头发谁肯装秃子啊？兴许是经济上没缓过劲来呢。"妈妈劝闫晓不要再纠结此事。

闫晓心里的气慢慢消了，可有些事在心里，终究是疙瘩。比如说雅莉用了刘爽优惠券的事。

"世上的便宜多了，你一个人占得过来吗？"爸爸是个老学究，说话总是一针见血，很不客气，听闫晓在饭桌要总是说那些陈谷子烂芝麻，忍不住接口说道，"差不多就行了。再说都是同事，互相帮衬的事。"

看闫晓不服气，爸爸接着说道："如果真需要，没了那个券，就不买那什么收纳筐了？我看你啊，就是网购综合征，你们家真的急需那几个收纳筐？还不是看有券，觉得是便宜。别闲着没事就上网淘……"

"网购怎么了？你看家里这么多东西，不都是我淘来的吗？物美价廉！连我妈都说咱们当地实体店做活动也没这么优惠的，是吧，妈？！"看说不过爸爸，闫晓赶紧搬救兵。

妈妈笑了，有时候她真拿这个小女儿没办法："别扯偏了啊，你爸的意思是，刘爽做的也不是什么十恶不赦的事，他乐意做好事就让他做，你就是不支持，也别糟践他不是？让人听了笑话。"

"谁糟践谁了？我还不是护着他！"闫晓把筷子放下了。

"赶紧吃，吃完回家，要护回家护去，不回来是不回来，一回来就吵吵得人头疼！"爸爸训了训她，回屋研究他的学问去了。

"就不回家！妈，你不是说了吗，我那间房啥时候都是我的，我想回来就回来，想住多久就住多久。"说完闫晓低声嘟囔道，"他还没来叫我，要我自己回去啊？"

妈妈叹着气，摇了摇头："刘爽遇上你，也真够他受的。"

"啊？我对他好不好得他说！要是这话真由他说出来，我就不回去了！"闫晓赌气道。

妈妈没再接她的话头，收拾了餐具回厨房刷洗去了。

闫晓磨磨蹭蹭地跟进去帮着手。

妈妈突然问道："你们是准备要孩子了是吧？"

"嗯。"闫晓有些害羞。

"要为人父母了，好多事都要想清楚。"妈妈说，"尤其是，你们想要孩子以后成为一个什么样的人。"

"嗯？"闫晓不知道妈妈什么意思。

"父母是孩子最好的老师。他生下来只是一张白纸，在上面涂抹什么，是要你们引导的。"妈妈徐徐地说道。

"我和刘爽都不是素质低下的人，绝对各个方面都是孩子的好榜样。"说到这个，闫晓倒是自信满满的。

"不见得吧？"妈妈收拾完后擦了擦手，回到客厅沙发上坐下。

"妈！"闫晓不满地叫道。即使是充话费送的，也不能这么埋汰她不是？

"不是吗？"妈妈看着还是以往那样慈爱的样子，可口气已经相当严厉了，"你只允许刘爽对你一个人好，或者说，只允许他对家里有限的几个人好，他对旁人任何一点付出，都让你耿耿于怀。你们这一个铺路、一个拆桥的两口子，叫孩子以后听谁的呢？"

闫晓被深深地震撼了！她老半天都说不出话来。

妈妈还是怜爱她的，看到她这个样子，心里有些于心不忍，轻轻地揽过她说："你回头看一下广东卫视的那个《你会怎么做》节目，就会想明白很多事。我不是讲大道理，事实也确是这样，一个人除了家庭责任感，还应该有社会责任感和公共意识。每个人都应该'管闲事'，他收获的不仅是公众的认可，更是自己内心的满足感，也就是自我认同。这感觉对一个人来说真的很重要……"

有多长时间了，妈妈都没有和闫晓说过这么多。记得小时候她都不好意思跟同学说起她妈妈是教思想品德的，总是觉得没有教语文或数学的让人说得出口。尽管那时妈妈教的课总拿区里的第一名，也只是小小地满足了她的虚荣心。

她从来不知道，妈妈的思想品德课，教得这么好！

因为，连她都被说服了。

外面不知道什么时候下起了大雨。闫晓趴到窗台上，呆呆地望着楼下。

刘爽这个臭小子，打来几个电话被她挂断之后，就再也没有打来。他不知道她这会儿已经想开了，要回家了吗？她自己回家，总是觉得面子上过不去。

手机响起，她立即接了起来："喂，刘爽！"

"嫂子，我是刘峻啊，怎么，我哥没跟你在一块儿啊？"

"哦……没有。你没和他联系？"

"打他手机，一直没人接啊！对了，我结婚那天我哥不是垫付了轿的钱吗，我还钱来了。"

……"哦……这样啊……你就先用着呗，我们也不急。"

"咳，早该还了，都过去那么久了，不好意思啊。对了，我在你们楼下，今天上夜班，我马上得走，你们俩都不在家，我回头再过来吧，再见。"

"哦，哦，好，再见啊。"放下电话，闫晓的耳朵有些发烧。

过了好一会儿，雨还是没有停下的意思，好像越下越大了。她恹恹地回到窗台前，怔怔地靠在那里。

后来，她无聊地把窗户开了一点缝，突然听到楼下有轻微的声响。

她冒雨伸出头去，是刘爽！他不知道从哪里找来了几个纸箱片，正往楼道口蔡叔的电动车上盖。

闫晓父母家住的是个老小区，配套设施不是太好，居委会要求电动车在集中点充电，可一些不自觉的人，尤其是楼上的蔡叔，总是把车放到楼道里充电。听妈妈说邻居们说他好多次了，说这样充电不安全，他就跟没听见似的。

这样的人管他做什么？闫晓刚想到这一点，就立即劝慰着自己，妈妈的话还没放凉呢，她怎么就能忘了呢？

妈妈把刘爽迎进家门，张罗着找毛巾让他擦头发。闫晓仍在旁边质问："巴不得我不回去不是？怎么这时候才来接我？"

刘爽笑了笑："家里一大堆的家务，你回去看了不心烦吗？我把活儿干完了才来的。"

"瞧瞧人家，看看你！"妈妈在闫晓的额头上捣了一指头。

"敢情我天天欺负他似的。以往家务我也没少干啊。"闫晓嘟囔着。

"那是，闫晓又勤劳又勇敢，"刘爽笑道，"只是她这几天不是快……"他的脸红了。

闫晓的脸红了。生理期间，甚至生理期前后都不能沾冷水，他倒是记得真真的。

妈妈装作没听到，问晚饭做什么。

"我爸不是都赶我了吗，我哪还敢在这儿吃啊？"闫晓噘着嘴。

"想回家了就是想回家了，找那么多借口干什么？人家刘爽也来接了，就坡下驴得了。"妈妈半开玩笑半认真地说。

"什么？你说我是驴？"闫晓嚷嚷起来。

"就你那脾气，说你是驴还不对了？"爸爸听到刘爽来了，也从房间里出来，正好接上说了一句。说完才觉得不妥，"说你是驴也不对哈，那我和你妈……哈哈！"

"闫大讲师，你说话天衣无缝的，这次终于让井掉到桶里了！"闫晓和爸爸开着玩笑。

"闲着没事抠你爸爸的字眼干什么？谁没有说错话的时候，做错事的时候？更别说像刘爽这么个好女婿，没毛病都得让你说出毛病来。"爸爸板起脸来。

"妈，我得走了啊，见过这样当爹的吗，说起自己的闺女来毫不留情。"闫晓拿起整理好的东西。

"嘿嘿，我得让你知道，你找着刘爽，就是找着了一个宝！这女婿，我们稀罕着呢！"爸爸笑道。

下得楼来，走到小区门口，"咱们打个的吧？"刘爽问。

"别了，坐公交车吧。咱们那点钱，经得起怎样折腾啊？你还是留着做你的好事吧，别再找人家景仁借钱了，好像我管你管得多紧似的。"闫晓说话不客气，心里已经服了软。

"呵呵，呵呵。"刘爽这会儿，就只知道傻笑了。

回到家中，刘爽忙着做饭，期间连着接听了几个电话。

"什么事？"闫晓接过围裙问道。

"哦，科室接了个紧急通知要加班。"

"啊？明天你又得上班啊？连着几个星期了，我换季的衣服还没买呢。"

"那我不去了。"

"真的？"闫晓有些不相信。

"呵呵，科室的好几个同事们都说要替我做事，让我在家好好陪你。"

"为什么？"

"景仁多嘴回去说了几句。"

"啊？"

"大家想让你知道，老实人不吃亏！"

"嘻嘻，我怎么老早没想明白呢？"闫晓嬉笑道，"你就好好歇着吧，饭我来做！"

"咳，我什么时候变成宝了？"

"从此以后都是！"

恋爱中，也有许多女孩太过独占，以至于失去了观察对方的真正爱心。

婚前看缺点，婚后看优点——这是妈妈们教给我们的至理名言。

生活如此琐碎，我们就不要把对方的缺点无限放大，自寻烦恼了。

况且，对方的"缺点"，不一定就是缺点。

来不及逃避的网络恋情

流连网络这么多年，也看多了人们讲述的网缘际遇，她知道，茫茫网海中一定也有属于自己的那一份。只是，要在合适的时间合适的地点，她才会遇上那么一个合适的人。

是的，合适。这个词听起来有些近似冷酷的清醒，就像她的人。她觉得自己一直是懂得取舍的，知道哪些是自己可以要的，哪些是自己不能要的，哪些是即使要了最终也要放弃的。

在周围人的眼里，她简直就是一个无情无趣的人，对人对事，都是理性大于感性，也说不上冷漠，但对什么都是淡淡的，让人不太好接近。

人们对她的私下评论，她并非不知道。但她无从改起，她和人自觉不自觉保持的距离，或许是天性使然吧。

"有一种人，只配活在网络里。"她从网上看到这句话时，如醍醐灌顶，她应该就是那种人！

尽管那样的说辞明显地带着不屑一顾，她还是觉得，这也没什么不好，各种新生事物飞速发展的现代，至少有网络可以活在其中，不是吗？她带着点自嘲地笑了。

她想，她也许可以找到那样的一个人，当然，那应该是个她心仪的男人，他们可以任性地，在网络中给予彼此需要的关爱种种。

不过，她不能要除了网络以外的任何东西。

因为她知道，现实中一定另有一个女人，和她一样欣赏爱戴着那个男人，而且那个女人会顺理成章地融入他的生活、扮靓他的生活。那种生活，是排他的。

她知道，她不能苛求太多。那样的话，会让别人为难，也会让自己为难，而双输一向是她的大忌。

她是一朵漂泊的云，轻轻地在网中漫游，带着不想扰人的低调，在虚幻的边缘寻寻觅觅。

而他，在不经意间扑面而来，那种似曾相识的清冷，和不着痕迹的熨帖，让她流下了沉重的泪滴。

她本以为，自己是可以自由地归属于网络世界的。可后来她明白，她只能在保证自己的现实生活后，在网上稍稍放松一下。无数个夜里，她对着博客袒露自己的内心。

她的博客浏览量并不是很大，留言的人也不是很多。后来她发现，每当她更新一次，总会有一个"偶然的雨"给她留言，他读着她的心情，宽慰她，鼓励她。

她第一次对一个除丈夫之外的男人敞开了自己的心扉。她诉说着对现实的疲惫及无奈，对完美生活的憧憬和向往。他听着，对她所有的牢骚做着最合理的注解和劝慰。

她苦闷的心情终于变得轻松。她觉得自己有些自私，她从来没有问过，他是否也有和她一样的苦恼，为什么，他会有和自己心有灵犀的感受。

也许很多时候，他也是苦闷的。只是他在开导她的过程中，把自己所有的渴望都放生了吧。

她就那么信任着他，什么都和他说，甚至一些不方便和老公说的，不方便和朋友说的，她都习惯地说给他听。直到有一天，她感觉到了自己对他强烈的依赖。

那种依赖让她害怕。她不想让那种强烈的依赖改变自己的生活、影响别人的生活，那样就突破了她的底线，她没有那样的心理准备。

她把那种感受告诉了他。她知道自己一旦说出来就意味着她要放弃了。

她知道这对他不公平，她很惭愧。可他仍然笑着说他能理解。

"不想知道我的城市、我的名字、我的电话吗？"告别时，他问。

"不想。"感觉得出来，她的回答在他的意料之中，可还是让他隐隐失望。其实她心里也挺不是滋味，可她只有笑着说："因为我已经知道你的名字了啊，你叫偶然的雨。"

他苦笑了一下："是啊，这么说我也知道你的名字，你叫漂泊的云。"

他们知道彼此的网名。可这，却已是全部。他们都只是网络某个空间里的交流者，甚至，她不记得他的QQ号。

两个陌生的人，熟悉之后却要陌生地告别。

他说自己只有一个要求，就是请她记着一个邮箱，那个邮箱名和密码全是他们认识那天的年月日共八位数，她心情不好的时候可以在那里得到排解。

他说他不放心她，社会这么复杂，人心那么难猜，而她又是那么警觉和敏感，一点小小的中伤都足以让她伤痕累累，虽然他做不到让她免于任何伤害，却可以尽可能地为她疏导。

那一刻她心里不是不感动的，她心里也明白，他是最懂自己的那一个。但他只能消失在网络里，尽管这世间所有的感情并不能由一人全部给予，他给的，她还是要不起。

她把椅子转了过去，背对着显示屏，就像在转身而去。虽然明知他看不到，她还是有了难以排解的复杂情绪。

从挥手说再见的那一刻起，他们之间的过去似乎画上句号了。

日子就那么过着，仿佛和没认识他的时候一样。

快三个月了，在这期间，她努力地忘记着一些东西。

至于是什么，她从来不说，也没有人知道。

后来有一天，她在网上四下看着，却再也找不到自己想看的东西。她终于控制不住自己，.想要再次在网上看到他。

可她没有他的任何联系方式，搜索QQ昵称"偶然的雨"，出来了很多很多莫名其妙的人，一个个看资料找下去，却一个也不是他！

她惶惑地四下张望，真的，她找不到他了！

尽管她明白，他真实地存在过。

窗外，何时云过，何时雨落？蓦然间，她被惊醒，凭着条件反射敲开一个邮箱，那里面，赫然躺着十二封新邮件……

打开最近的一封，是他！他坚持每周给她留一封信。他说自己每来一次就要失望一次，因为，那些信没有被打开看过。但他也由衷地高兴，尽管他备受煎熬，可他知道她过得还好。

一封封看下去，一种别样的心痛弥漫开来。她知道，在某一时刻，她一直逃避的网络恋情那么清晰地来过……

网缘有许多许多种，最迷人的莫过于冷水泡茶的那种，慢慢地渗透，慢慢地浓厚，慢慢地有了回味。

唱歌的人心中自是有百般滋味，但已婚的人们回归到现实中时，是要懂得取舍的。

爱情的魔怔时代

你们萍水相逢，以为会一直在一起，可现实说过有爱还不够，分岔的路口总是太多，你要向左TA要向右。

因你曾经爱过我，分手别让我太难过

几天前，表妹冰华来找我，说她离婚了，让我有合适的人选时别忘了介绍给她。

我很震惊，因为我从未听说过她和老公有什么不和，怎么说离就离了呢。

冰华说，他们的矛盾早就有了，只是她爱面子，一直没对我们说起过。这婚，其实在一年前就已经离了。

我很惭愧。自己每天不知道都在忙些什么，连亲爱的小表妹家里出现这样大的变故，竟然都毫无察觉。

是我太疏忽了。在此之前和冰华最近一次相见，应该是在春节走亲戚时。我们几个表姐妹约了去看舅舅，那时候冰华的脸色就很不好，不过当时我没有多想，只是随口问了一句，她只说是过年打牌多的缘故。

现在想来，她一个人经受了怎样的煎熬啊！加上姨妈那人极爱面子，以往家里出现任何事，都是先骂自己的孩子，埋三怨四地总说他们给自己丢了脸。冰华离婚这件事，姨妈还指不定怎么痛骂她呢。

因为冰华结婚很晚，三十岁才结的婚，而她的结婚对象，还是自谈的。之前周围亲戚朋友给她介绍了很多，她一个也看不上，那些年我就给她介绍过好几个，她不是看不上人家这一点，就是看不上人家那一点，让我很郁闷。我妈私下就和我说过，冰华是挑花了眼，真怕她误了自己的事。

好在后来她终于自己谈成了。听到她要结婚的消息时，我们几家亲戚都松了一口气。我妈还为这最后一个出嫁的外甥女备了一份厚礼。

只是我们谁也没想到，她精挑细拣来的老公，竟然一直有外遇。

冰华说，那女人是他的前女友。起初一些风言风语传到她耳朵里的时候，她并不相信，还以为是人家嫉妒他们夫妻相处得好，在搬弄是非、挑拨离间呢。

可事情慢慢地不对头了。他一天比一天放肆，总是找机会往外跑，直到后来，他吃过晚饭就开溜，有时半夜才回来。冰华不好意思到处打电话找人查岗，总是一个人在家里苦苦等候。

也许是因为没有证据，也许是她内心根本就不接受他出轨的事实，所以那时她并没有想要放弃自己的婚姻。

但他始终无视冰华的信任，还是频繁地晚间外出，冰华就想让他换位思考理解一下她的感受，晚上她也开始往外跑。其实她没地方可去，去同学朋友家怕人多问，只好找借口回娘家。

他则我行我素，继续当他的夜游神。在她要出去时，他却骂骂咧咧，表现得颇为不满，直至一言不和拳脚伺候。

他的动粗伤了冰华的心。

他第一次动手时冰华刚怀孕，他毫不吝惜地挥手就是一巴掌，然后重重地一脚把冰华从床上踢了下去，孩子很快流产了。

这件事对满怀憧憬做母亲的冰华是个很大的伤害。可她还是对外人谎称自己不小心摔倒才流产的。那时她对他还是抱有幻想的。

冰华说的这件事我倒知道，当时我正在外地出差，回来后专门买了东西去看她，百般劝慰，说她还会有孩子的。当时只有她一个人在家，我还奇怪这样的时候没人照顾她。她虚肿着眼泡，什么也不想多说。我还以为是失子之痛的正常反应。

事后我还专门给她打过电话，千叮咛万嘱咐，要她注意休养，别落下什么毛病。像她那样的高龄产妇，又意外流产过，我真担心她以后习惯性流产，那样可就麻烦了。

冰华说，尽管她也反复告诉自己要原谅他，可究其实，他们之间的裂痕从那时起就加大了，两个人的关系也迅速恶化。

他第二次动手时，离她流产还不到一个月。没出"小月子"的冰华身体很虚弱，只好向外逃去，他大声叫骂着撵出门，把她硬拉了回来。当时对门邻居不知道发生了什么事，还来敲过他们家的门。

后来，又有了第三次……

事不过三，看着身上的累累伤痕，冰华彻彻底底伤心了。她知道，这样的日子算是开了头，她将再无宁日了。

起初，她也想和他好说好商量，为着双方的面子，想要协议离婚。可他闻听后一脸无赖相地说，无论如何他都不会离。

无奈到了最后，冰华态度强硬地告诉他，他要不同意她就去起诉，这婚就是撕破了脸，她也要离的。

直到那时，他才知道冰华是当真了。

姨妈他们听到冰华的决定后，才知道她所受的委屈。他们又急又气，痛骂了冰华一通后，找上门来兴师问罪，说就是离婚，也得让他把以前的事情说清楚。

那时的他一看阵势不对，急于推脱责任为自己辩解，罗列了各种莫须有的罪名，把冰华说得像一堆臭狗屎。

在他口沫横飞肆意污蔑的时候，冰华冷眼旁观，一言不发。

她只在他说完之后问他："当初我们俩认识的时候年龄都不小了，谈的时间也不短，不能说对人对事欠考虑。后来发展到结婚的地步，还是你要求的，自始至终我都没有逼你。既然你提出和我结婚，说要和我过一辈子，肯定有喜欢我的地方，怎么这时候我在你眼里就一无是处了？"

她这么问他，他瞠目结舌，再也没有说出别的什么混账话来。

冰华说，我姨妈他们当时都怕他真耗着不和她离，其实冰华也不想真的起诉闹得满城风雨，可后来，事情竟然异常顺利。

他同意离婚了，甚至在冰华带人拉走嫁妆的时候，他还阻止了他母亲的撒泼纠缠。

两个人很快在民政局办了手续。冰华说，办完手续出来，她发现他的前女友就等在婚姻登记大厅附近，他则一出来就把离婚证递给了那女人。

那个时候冰华已经不生气了。既然都已经离婚了，接下来他怎么生活是他的事。至于以往他对她的伤害，因为他后来做的事还像个男人，她已经原谅他了。

我想，那个男人态度的转变，应该是因为冰华质问他的那句话。既然他当初选择她是因为爱她，那么，他就应该在两人缘尽要分手的时候，念及以前的情分，不那么伤害她。

宽以待人，其实就是宽以待己，就是对自己以往付出感情的认可和尊重。能想明白这一点，才能真正的好聚好散。

一个拥抱都不曾有

她不知道从哪儿得知了我的QQ号，发来请求说要告诉我她的故事。

QQ上，她叫落叶尘埃，至于她在新华论坛用什么名字我无从知道，她只说是我的一个读者。网名可以轻易修改，她是想保证自己足够的隐蔽。

我能够理解她，其实我理解并尊重所有信任我并给我讲述自己情感故事的人们。

周末晚上，我如约上线，她已经在等了。整个交谈过程中，我几乎都在听她一个人说。

她打字很慢，我耐心地等她一点点地说完，期间只是偶尔问一句。

我很少问话，她也极少回答，只是自顾自地说下去。我想，她要的，其实只是这样一种宣泄式的倾诉。

她说她会关注我近期的帖子，等我把她的故事变成文字。

我想她讲述的文字整理下来就是很好的记录了，可她说，她喜欢我的文字，也是喜欢我文字中记录的心情，至于故事本身的记述，并不太重要。

在下线的时候，她要我删掉她，说这是她第一次，也是最后一次和我聊了。

她这么说我就知道，她下线后也会把我删了，她在我这里，仅想留下她的故事。她的故事，让我心里很闷：

她七年前牧专毕业，家里托人让她进了市畜牧服务中心，那是农牧局的下属事业单位，只有三十多人。

她报到的时候，畜牧中心刚换主任没多久，新主任上任后就把原来的财务给换了，手续全堆在那儿。她一上班主任就要她接手。

其实那时候她对财务工作一窍不通，她推辞过，可主任的态度很坚决。也许主任看她是刚毕业的学生，可以很听话吧。

事实上，她一直很听他的话。

新主任是个做事很有魄力的人，不苟言笑，很会使手腕，为了达到目的可以不惜任何代价，单位里的人对他又敬又怕。

她被他吸引了，开始对他产生了一种莫名其妙的好感，也许是因为他谙知世事的成熟，也许是因为他指点江山的自信。

那时的她还是不谙世事的小姑娘，当同事们闲聊说起什么样的男人最有魅力时，她脱口而出说就是主任那样的男人。

当时大家都笑了，笑她的幼稚和口无遮拦。她后来知道，有人把这话捎给了主任，他竟然难得地笑了。

所以她想，其实他是知道她对他的想法的，可他始终和她保持着一定距离，只和他保持正常的交往。

她是做财务的，和他打交道的时候自然很多，他在别人面前，和她总是公事公办的样子，不给她留一点念想。

她很难过，但也只能偷偷地心酸地关注他……

后来，她谈了恋爱，再后来，就结婚了。

她老公不错，可他们之间的交流有些问题，不知道是不是她总拿他和主任相比，总之她总觉得老公不够成熟，做事不够老道。他们总是闹矛盾，总是争吵。

她开始灰心。她已经把情绪带到单位去了，他不是不知道，可他还是什么也不说。

那些年，她和老公闹了很多次，也和好很多次，最后两个人都没有脾气了。她想就是离婚另找，日子也还是这样的。于是，她开始沉默。

她沉默了，她老公也沉默了。

这时候，孩子来了。于是她和老公变得空前地亲近。

孩子慢慢大了，日子又恢复了以往的乏味和无趣。

其实那些年，她的日子一直就不是她想要的精彩，可以说她就是抱着对主任的怀想走过来的。

每当她被那种无望折磨的时候她就开始怨恨，而主任总是有意无意地回避着。

她觉得已经无法忍受这种情形了，她借口在单位干得不顺心，吵着让丈夫帮她换个单位。

主任知道了这事。他们有一天单独在一起时，他想说什么，可还是什么也没说。

这时她已经心灰意冷了。她想既然他已经知道了她的想法，为什么不给她一点希望呢，哪怕只是一点关心也行。这只能说明，一切只是她自己的一厢情愿。

她恨他，可还是尽她的最大努力为他做任何事，包括托人帮他老婆买卧铺票。

她好容易才买到票，可他看了说那趟车不合适，因为是凌晨的车，老婆还得早起，让她再去找人换一张。

　　她觉得悲哀，她不知道这些年来，自己在他心里到底是什么位置。于是她开始加紧说调动的事。

　　可是，没等她调动的事说好，主任却要调走了，调到另一个各方面都不如畜牧中心的小单位去，局里通知他尽快交接工作。

　　主任一下子消沉下去。他的样子让她心疼，鬼使神差地，在整理了财务手续向他汇报的时候，她向他表白了自己的心声。她说那时她也是不甘心这些年来只是她一个人的单恋，她不甘心。

　　就在那天，主任也告诉她，他知道她喜欢自己，而他也是很喜欢她的，只是怕万一说出来她拒绝了，以后他们就没有办法相处了。所以他想要长久，想要和她保持一种比朋友近、比情人远的关系。

　　她哭得眼泪滂沱，她说这表白来得太晚了。

　　那晚他请她吃饭，吃饭间两个人的交谈空前默契。他对她的第一次、也是最后一次关爱，让她觉得恍然如梦。

　　她醉了，可他没忘了谈工作，交代了财务上的一些事。她说自己搞不清楚，他要走了才有的表白，是真可怜她的坚持和付出，还是想要继续利用她。但她仍然会为了他做任何事，能帮他还是要帮他，即使以后他把她卖了……

　　很快，他就要走了，而她那些天已经顾不上说自己调动的事情，只是心疼，只是痛苦。

　　他向单位的每一个人告别，和每一个人握手。和她握手时，他还是像以往一样淡淡地笑着……

从他走后，他再没和她单独联系过。而她，决定颓然地继续在畜牧中心待下去。

她再没有他的任何消息，他们之间的故事似乎已经画上句号了。而自始至终，他们两个，连一个拥抱都不曾有……

因为这是一份见不得光的感情，出于对自己的保护，那个男人绝不会对她的付出有所回应。

她在情感沼泽地里孤立无援，渐渐绝望。

那是一片她不该踏入的领域。

离开你只因为，我的爱情跟不上你的步伐

这是明秋的第一次恋爱，开始的方式很奇特。

在两家公司举办的联谊会上，宗克的目光锁定在娇俏的明秋身上。而明秋也注意到了这个讲话言简意赅的主持人。

听宗克公司的人说，他是个很棒的业务经理，工作效率特别高，颇得老总赏识。

长得帅，又有才，这无疑是吸引女孩子的有效砝码。可遗憾的是，之前宗克的爱情却迟迟没有如期而至。

联谊会结束后，宗克直奔明秋而来，要她做他女朋友。他告诉

明秋，他曾经谈过两次恋爱，可都"无疾而终"，他衷心希望，他和她这次能有个结果。

明秋觉得突兀。她只是对宗克有好感而已，并不真正了解他。而他选择自己做他女朋友，未免太唐突了些，因为宗克其实也并不了解她。

宗克则说，他相信自己的第一感觉，另外刚才他也了解过了，他们都是中国的第一代独生子女，双方家庭收入稳定，家长也都是通情达理的人，他们，很合适。

宗克说："就这么定了。"

他就这么直截了当地下了通知，这在别人看来很有些鲁莽，但明秋欣然接受了他的果断。

那以后，明秋常常为甜蜜的想象笑弯了眉，大家都说，她是被突如其来的爱情撞了腰。

可慢慢地，明秋看出来了，她和宗克的爱情，和别人的都不一样。

他们几乎没有时间约会，因为宗克太忙。

偶尔约在一起吃饭，宗克利落地点菜，菜上齐后就开始埋头猛吃，吃完后不耐烦地催促着明秋："别说话了，赶快吃，这儿的菜上得够快的，要再这样慢吞吞的，你会是最后离开的顾客。"

明秋抱怨着："又不是急行军，吃那么快干什么。你都吃完了，我连和你说话的机会都没有呢！"

宗克不以为然："吃饭就是吃饭，什么细嚼慢咽，边吃边说啊，吃饱就行了。再说，食不言寝不语，那可是老话了。"

唉，真有这样的人，为吃饭而吃饭。明秋在心里暗暗叹了口气。

吃完饭散步，宗克竟也健步如飞。明秋感觉，自己好像是在跟他赛跑。

身边的风景如过眼烟云，她都来不及欣赏。吓得她以后约会时，都不敢再穿高跟鞋。

宗克对此比较满意："嗯，这样能走快些，否则拖拖拉拉的，也太浪费时间了。"

她也感觉不到他的爱。

有时正散着步，宗克接到通知要回公司加班，就会毫不迟疑地向明秋潇洒地挥挥手："你也早些回去吧。一张一弛是文武之道，我放松了这么一会儿，也已经调整过来了。"

说完他迅速离开，留下明秋一个人站在原地怅然若失。

宗克总是忙，总是忙，他们约会的时间很有限。他明确说过不喜欢人在工作的时候给他打电话说私事，于是明秋有时忍不住会给他发短信。

他忙的时候不理她，不忙的时候也只是简短地回复一下，每次都不超过十个字。

比如她问："这个周末你们休息吗？我们很长时间没见了。要是有空，一起出去玩好不好？"

他答："要加班。再说吧。"一句一个总结，冷静得就像他的人，张口就是一个决定，而且没有任何解释。

也许在宗克看来，什么都是工作，都要讲个效率，除此之外都是多余的。

明秋不免有些失望。

她的小姐妹们劝她，说有事业心的男人都是这样子的，他们不会花费太多的时间在儿女情长上。明秋想，她也许做不了成功男人背后的女人。

有一天晚上，他们难得地约在一起，坐在石河道生态公园的石凳上，看风景，吹河风，感觉很惬意。

当然，那只是明秋的感觉。宗克的眼中看不到任何风景，他之所以答应如约而来，是有事情要说。

他在她指着河里的游船刚想说话时及时打断了她，开门见山地说："我们也交往这么长时间了，事也该定下来了。什么时候把双方老人约在一起吃个饭吧。"

他是在宣布该结婚了。

这次，明秋没有附和，甚至没有接口。

她和宗克相识三个多月了，见面也有十多次了，可是不知道为什么，她觉得自己对宗克的感觉，还停留在他们最初认识的时候。

"怎么了？你不愿意是吧？"宗克的声音突然变得很冷很冷，"难道，这又是一次我不明就里的结束？"

气氛陡然紧张起来。

突然，在旁边草地上玩的几个小孩提高了声音叫道："快看，烟花！"

等明秋抬起头来看的时候，远处天空中的几枚烟花已几近散尽。

明秋想，这是不是就像她和宗克呢？她总是跟不上他的步伐，他绚烂地自我绽放，然后自由地降落，她想要欣赏，可她忙于追逐他的轨迹，竟什么也没有看到，自然也欣赏不到那美丽的一刻。

是谁说过的，这世界上没有完美的姻缘，只有合适的姻缘。明秋考虑了很久，她觉得，她和宗克之间，至少不合适。

就像他们一起散步，宗克有时也会停下来等她一会儿，可等她走近，他就又开步走了。

明秋想，他耐着性子地走走停停，和她一个劲儿地追赶，已经失去了原本一同散步的乐趣。

散步只是小事，具体到生活中，宗克的步伐总是那么快，如果慢下来宗克会不习惯，可是，他总让明秋追赶得那么辛苦，她会感觉很累，力不从心。

他们，还是分开各走各的好，宗克会有保持冲刺状态的快乐，而明秋，更愿意慢慢地边欣赏风景边走，必要时，还会驻足休息。

明秋又是一个人了，当然，宗克也是。

很多人替他们惋惜，明秋不想做更多的解释。

我想，明秋至少知道她能要、想要什么样的人和她共走人生之路。宗克要的是结果，而她，作为一个平常的小女人，还想要过程。

因为，如果过程都不能保证让自己满意，再好的结果都没有意义。

一个以自我为中心的人，难以了解别人，更不用说去爱别人了。

爱情，是有时间限制的事

我的隔壁出租房内，住着一对年轻的恋人。男人在一家保险公司做事，女人是一家私立幼儿园的老师。

两个人的脾性截然相反。男人是标准的急脾气，说话语速很快，走路风风火火的。他似乎很忙很忙，没有节假日一样，很少看到他待在家。女人斯文得很，做什么都慢条斯理的，遵循着正常的上下班时间，单位家里两点一线，只要下班就在屋内待着，很少出去。

夏季的一天，楼里线路出了点问题断电了，物业联系人维修时，人们都下楼去小花园内乘凉。我和女人遇上，闲聊了起来。

她和男人是高中同学，上大学后联系才多了起来。后来他们确定了恋爱关系，毕业后就在一起了。

说起来女人也不年轻了，已经过了二十八岁生日，男人大她一岁，两个人谈有六年了。

"什么时候结婚啊？"我顺口问道。

女人的神色有些默然，没有回答。

后来线路修好了，大家都上楼去。我的女儿叽喳着非要拉她去家里玩，她答应了。

她毕竟是幼师，对付小孩子很有一套，我那个三天不打上房揭瓦的淘气女儿很快在她的循循善诱下变得乖巧起来，拿起积木来盖大房子，一个人玩得不亦乐乎。

我拿出冷藏的各种水果招待她，她说着谢谢，却吃得很少，跟没胃口一样。

她说起了那个男人。

她不是没有提过结婚的事，可他每次都有各种各样的理由，要她等等，再等等。弄得她现在都很怕回老家，亲戚们见了就问她的婚事，父母也是年年地催，她都不知道怎么面对了。

"他，是有别的想法吗？"我小心地问。

女人肯定地摇摇头："不是。"

"那怎么回事呢？"我想不明白。

女人说，男人个性很强，事事都想站到人前面。两年前的那次高中同学聚会给他刺激很大，他觉得很多不如他的同学，有的做了官，有的发了财，只有他没有混出头。

其实女人从来不和人比，也没有说过他什么，但他就是过不了自己心中的那道坎。他是个对自己要求极高的人，那次聚会后，他为自己定了一个又一个目标：干到预期的职位，买辆中意的车子，买套大面积的房子……

"我只有耐心等着，一天又一天，一月又一月，一年又一年……其实，我都不知道能不能等到他对自己满意的时候……"女人的笑很苦涩。

有过这次来往之后，她有时也会来我家里坐坐。

当然我是欢迎她的，而我的女儿看到她，更是喜欢得不得了。

可我们的热情并没有冲淡她脸上的忧郁。

在她口中我得知，男人还在忙也总在忙，忙得甚至都顾不上想起她，"有时他一出差就是几天，如果不是打到他公司，我都不知道他的人去哪儿了。走前他忙得都没想起给我打电话，甚至，都没给我发过一条短信。"

"他那么辛苦，也是为了你们俩以后……"我劝着她。

她淡淡地笑了一下："我知道他是爱我的，可我想要的只是平凡女子的生活，能经常和所爱的人见见面，说说话，有相守的时间。也许他追求的是大幸福吧，不过那些却无法满足我的小小要求……"

后来，她很少来我家玩了。

我的女儿开始念叨她。

有一天，老乡给我捎来了家乡的美食，我取出一份，带着女儿给她送过去。

见到我们她很高兴，手忙脚乱地腾出地方让我们坐。她还把我的女儿抱在怀里，揉着她的小脑袋，亲着她，逗得她咯咯直笑。

"最近忙什么呢？"从她屋内的阵势我看得出来，她在忙着做什么事。

她不好意思地笑了笑，说她在给杂志画画。

原来，男人还是经常忙得顾不上她，寂寞的女人觉得总是等着毫无意义，就开始转移注意力，试着充实提高自己，不再把精力死死地放在男人身上。

她本来在绘画方面就很有天分，自从重新振作精神，试着给时尚刊物绘插画后，竟一下子收获到很多东西。她的画很受欢迎，已经有了很多杂志约稿……

看着她发自内心的笑容，我也由衷地为她高兴。

那天回到家后，我对还懵懂无知的女儿说："长大后，你也要向阿姨学习！"

女儿郑重地点头："我也要学画画，画很多好看的画。"

是的呢，心情好了，画风也阳光明媚，我看她画中的女子都有着如鲜花盛开般灿烂的笑颜。

后来，据说男人的目标一个个接近了，他终于能够经常回家来，可是，女人却常常不在家。他想约她一起转转、出去吃吃饭什么的，她总说很忙。

她的确在忙，她的插画结集出版了，她要忙着参加新书发布会，忙着签名售书活动，还有一大堆约稿要完成……

再后来，女人搬走了。

她搬走那天，男人堵在门口，气急败坏地问："你从这儿搬出去算怎么回事？你到底爱不爱我？！"

面对男人的责难，女人说了这么一句："我爱你，可你爱我吗？知道你很忙，现在我也很忙，等我们有空时再说爱吧。"

一直认为，作为一个女人，看重感情和婚姻是对的，可那不应该是女人生活的全部。她通过自我调整拥有了自己的事业，冲淡了她过分依赖男人而不得时的心理落差，自立使她能够重新思考与男人的感情。

我感觉她最后那句话多少有些赌气的成分，不过我可以理解她的委屈。爱情是两个人的事，棋逢对手才最美，如果只是一个人在唱独角戏，久而久之，唱独角的那个难免会心凉。

年轻的时候，我们总是和同学比、和同龄人比、和比自己优秀的人比，比什么，你强我更要强。我们那时不懂得一个道理，就是如果你强了，上一个平台还有更多强手在等你拼。

我们却在这种比拼中，失去了最宝贵的东西。

但我衷心地希望，别让他们曾经的爱情，成为让人遗憾的往事。

爱情和婚姻其实不会妨碍他达到自己的目标，而只会给他奋斗的动力。

总能听到爱情地老天荒，一刹那间便成永恒的传说。

我知道，有时爱情竟也是有时间限制的事。

刘若英唱的那句"有些人一旦错过就不再"其实就一直演绎在生活之中……

有种爱这样开始

喜欢上他，是因为他们都喜欢的水木年华，还有那首经典的《爱上你我很快乐》。

起因很简单，他的一个哥们儿和她的一个姐们儿即将携手走进围城，为此他们各自约了自己的好朋友，开了一个告别单身生活的party。他们俩，就是在那儿遇上的。

他其貌不扬，但是很活跃，虽然说话痦里痦气的，但并不讨人厌。而且他唱起歌来蛮有专业味道，整个晚上，几乎就听他一个人在那儿秀了。

他一遍遍地唱着：我只想告诉你／爱上你我很快乐／就这样看着你／我永远不会转过头／怎么说没猜透／爱一个人的滋味／你是

否看得清／我那无怨的眼睛……

有人起哄让他放下麦："耳朵听出茧子来了！"

他不急不恼的："刚才是替准新郎唱给准新娘的，下面要替准新娘唱给准新郎。"

说完他摇头晃脑眯眼拍胸接着唱：最怕听见你说寂寞／我会放下自己来陪你／最怕看见你哭泣／ai／我会忍不住把心给你……

大家就笑，说他真是一个大麦霸。其实也没人和他较真儿，本来嘛，来就是图个热闹。

起初她也跟着笑，笑到最后笑不出来了。她觉得，他反反复复地唱，也许是在找一种感觉，那种感觉他想要有可是一直没有找到。

而她，也是。她认真地看着他，捕捉着一种似曾相识的感觉。

他好像也在循环的歌声里寻寻觅觅：伤心的眼泪／不让不让你看见／可是可是你不懂／被爱的幸福／心碎的疲惫／全世界世界都听见／我寂寞寂寞的誓言／我抛弃了自己……

在他最后一句低声吟着"我爱你"向她这边看来的时候，她的心动了一下。

终于，他唱累了，放下麦坐下来休息，别的人开始轮番上场。

可她听不进去别人唱的是什么，只知道挺热闹。可是越热闹，她越觉得冷清。

她悄悄看向他，他正打开啤酒要喝，转过头时看到她，向她举杯示意。

她笑了笑，也举起杯。

"一个人？"他问。

她点头："你也是？"

他笑了笑走过来，离她很近地坐下："我知道，你是最认真听我唱歌的一个。"

"唱得不错。我很喜欢。"

"也许，我们可以一起唱……"

他们俩，成了那天晚上的最佳组合。他们唱得醉了，大家听得醉了。

"这俩人，有戏！"当晚在场的好几位都这么判断。

果然，在这之后，他们就开始约会了。

"真是男人不坏，女人不爱啊，好好的一朵鲜花，可惜了！"认识他们的人都笑着说。

当然人们说他"坏"，并非说他人格品行方面不端，而是说他那个人有些痞，突破了传统好男人的观念，在生活方面比较有情趣，善幽默，懂浪漫，能给女人带来惊喜，给生活增添新意，讨女人喜欢罢了。

按说他各方面条件都很一般，可就因为他喜欢捣乱，喜欢逗乐，喜欢和人开一些无伤大雅的玩笑，让她觉得很有趣，觉得他有情调、有个性，是自己喜欢的类型。

他们的约会正是从她感觉到他这人比较有趣开始的。

而他喜欢的则是她的善解人意。他决定好好待她。

自从他们两个相处以来，他就很疼爱她，总是尽其所能让她过得很快乐。

他带她到家里吃饭，用很简单的食材做出别具一格的菜肴，让她吃得开心舒坦。

他带她出去踏青，用新生的柳条编了一顶漂亮的帽子给她，拉着她的手在河堤上孩子般地奔跑。

他捉了一只大蜗牛，养在铺有新鲜树叶的敞口杯子中，给喜欢看海绵宝宝的她做宠物。

他在晴朗的夜晚骑摩托带她上山，只为让她看一眼久违的星空。

他在业余时间去一家薰衣草庄园做绿化工，只为了带她实现"徜徉在熏衣草海洋"的梦想。

"爱上你我很快乐！"他在因加班不能相见的晚间给她发短信。

"爱上你我也很快乐！！！！！！！"她打了七个感叹号回复，解释说，"周一到周日，我每天都快乐！"

是的，自从爱上他，她就是知足的，也是快乐的。

她喜欢他做的一切，只要是他为她做的，她都全盘接受，并充分认可。

她也愿意把自己满满的爱毫不保留地全部给他。

他给她买了一双断码处理的老北京布鞋，她喜欢得不得了，逢人就说从来没有穿过这么舒服的鞋子。

　　过中秋节的时候，他这个准女婿没有像别人一样买昂贵的节日礼品，而是在当地的一家蛋糕房选了月饼给她家送去。她体谅他的经济收入，对父母撒娇说她试吃过这家的月饼后，别的就再也入不了口，她的口味随他们，他们也一定会喜欢的。

　　"买贵的，不如买对的。"她理直气壮地这样说。

　　她孝敬他的父母，哪怕他的母亲脾气急躁，动辄就冲人发脾气，她也总是微笑着，柔声细语地，直到老人消掉火气。

　　她说，她要做个好媳妇，绝不会给他出什么先救她还是先救老娘的难题。无论什么时候，她都不会让他为难。

　　在他们准备结婚时，她甚至主动提出不用买新房，说她喜欢和老人们住在一起。

　　妈妈心疼她，告诉她说自古婆媳关系就不好处，他母亲还那样的脾气，还是买房另住好，要不然有她受的委屈。

　　她笑着说她向来有化干戈为玉帛的法术，最后把妈妈也说得没脾气了。

　　其实她做这样的决定，是因为她太清楚他的情况了。他家里条件不好，他自己收入也一般，如果提出买房，就会给他套上沉重的枷锁，他会不堪重负的，她必须细心地护他周全。

　　她所做的一切，也都让他深深地感动着。

　　有一天，薰衣草庄园的老板无意间转到他做绿化工的区域，两人闲聊时，他把和她的故事说给老板听，人过中年的老板特别感动："她是个好女孩，你一定要好好待她，既然她不要房、不要车、不要婚戒，那你一定要给她一个婚礼。女孩子一生嫁这一次，无论如何不能裸婚！"

最后老板慷慨出资，替他们张罗了一个别出心裁的婚礼。而婚礼台，就设在她最喜欢的薰衣草花海。

天空很蓝，花香淡然，当天很多游客都见证了他们的爱情。

司仪问道："你们两个的爱情是怎么样的呢？"

两人异口同声地回答："缘于一点心动！"

这种爱，是一种境界，是一种极限，幸运的人才能拥有。

我们今后肯定会把这样的爱情当成诗来朗诵，当成歌来传唱，当成小说来写。后人知道了，就成了一种美妙的传说。

这下你们相信了吧，这就是有些人的恋爱，也许不轰轰烈烈，但那独属的一点浪漫和片刻温馨，已足以温暖他们的内心。

彼此间的理解和包容，更是让平凡的人们有太多的感动。

我是一直爱着你的男人

也不知怎么回事，这些天总有蚊子进到房间里来，这可是三楼，以前琳绝对想象不出蚊子有这样的飞行高度。

　　琳的心里有些烦躁，因为那一两只蚊子不定什么时候就会悄然而至，在她身上叮一下，慷慨地留下一个大"红包"，然后身手敏捷地飞走了。

　　琳是敏感型皮肤的人，凡是蚊子叮过的地方，皮肤就会鼓胀得吓人，连毛孔都清晰得让人恐怖，而且奇痒难忍。这可着实影响了琳的睡眠。

　　这都怪伟，最近琳单位事情多，忙得顾不上去买蚊帐，和伟说了好几次，伟总说忘了。

　　琳心里埋怨伟，接连几天都不怎么和他说话，可是伟没觉察出来。

　　伟大大咧咧惯了，用他的话说就是，"整天过日子，哪有那么多的情和爱"。他照常和婚前一样，喝酒，打牌，隔三岔五跑出去，和朋友们找地方聚聚。

　　琳在婚前的多情善感，在伟现在看来，成了一种无形的束缚。

　　要说，琳还是蛮不错的，她不虚荣、不世故，和伟的嫂子她们是截然不同的两种人。

　　琳孝敬他的父母，爱戴他的兄嫂，琳不爱唠叨，在经济上给他足够的宽裕，也不限制他和朋友们相聚的自由，这让伟觉得很有面子。

　　更重要的，琳的沉静让伟浮躁的心安稳下来，伟觉得，他有归宿了。

　　可是，琳的小女人情调又让伟觉得太甜了。比如，琳每天早上起床后总要和他来一个拥抱。

其至在睡梦中，伟也嘟囔着："太甜了！"

琳被伟的梦呓惊醒，发现自己又被蚊子叮了，她有些气恼地坐起来，没开灯，兀自摸到客厅坐着。

伟在沉睡中习惯地伸手想要搂住琳，可是琳不在，伟于是也醒了。

伟心里有些慌慌的，他已经习惯了琳猫在他的身边，尽管，他们并没有多么热烈地爱过，但是伟一样感觉平安而且幸福。

琳在婚前不太会做家务，可是为了伟，为了他们的家，琳现在做饭、洗衣、拖地、整理房间，俨然已是一个全能主妇了。只是，唉，伟觉得自己可能是熟视无睹了。

伟急急地找着琳，看到琳一个人没开灯坐在沙发上，烦躁地挠着胳膊，他的心有些刺痛。

看到伟出来，琳推着他说："回去睡吧，刚才我起来喝点水。"

他们又睡下了，可是，伟却一直没有再睡着。

伟想，他忽略了琳，琳一定伤心了。

伟太爱玩了，像一个爱疯爱闹的孩子，总要琳惦记着，他以前没怎么考虑过琳的感受。

有一天晚上，伟和人打赌飙车，过足了在新修的东区道路上疯狂驰骋的瘾，他感觉特High。

伟一脸兴奋地回到家，要告诉琳他赢了，他以为，琳也会兴奋得满脸放光，可他看到的是琳苍白紧张的脸。

琳在他进入楼道开始就打开了门等他，琳熟悉他的脚步。看到他安然无恙，琳突然发了脾气，抓过他的车钥匙摔在地上，把他一下子反锁在了卧室外面。

伟悻悻地在客厅的沙发上过了一夜，他觉得琳这个人很扫兴、很没劲。

他无聊之余拿起手机摆弄时，才发现有十二个未接来电，都是家里的座机和琳的手机打的！

他终于明白了琳的焦虑和担心。那一刻，他想也没想就打了自己一个耳光。

之后，他再也没有干过此类不着调的事。

只是，他的大男人作风和懒惰习性一直不改，琳有时拿他很没办法。

琳上班的高新技术开发区离家很远，每天早出晚归的，很是辛苦。伟的公司倒离家很近，步行也只有十来分钟的路程。最初两人说好的，早上中午各吃各的，晚饭在家好好做。

他们的分工是这样的：下午下班后伟在小区门口的超市买点馒头，回来后用高压锅把大米稀饭什么的做上，琳负责做菜，并负责饭后收拾。

分工给伟的，其实也不是什么难事，甚至都算不上费事，但他愣是没记住一次。琳回到家后把稀饭做上，还得赶紧下楼买馒头去，好几次新鲜的馒头卖完了，她只得自己和面烙饼，因为伟坚决不吃超市常备的那种干硬的压缩饼。

这样一来，他们吃过晚饭，往往都很晚很晚了。琳还要洗洗涮涮做卫生，总是累得一粘上枕头就睡着了。

一段时间后，琳也就不指望伟了，她几乎把所有的家务都包揽了下来。

工作挺重，家务又没人分担一点，人的精力毕竟有限，琳几乎都要透支了。两个月前她休年假，五天的假期，她几乎睡了三天。

"没见过人这么能睡的，跟上辈子瞌睡死了托生的一样。"伟啧啧叹着，讲笑话一般，对顺道来看他们的父母说道。

他的母亲变了脸色，把他狠狠地骂了一顿，"你怎么这么不长心，不知道心疼人啊？！看你媳妇都累成啥了！你记住，她要有个好歹，你的好日子可就到头了！"

那次，母亲气得没坐一会儿就拉父亲走了，走时撂下一句话："闲着没事也好好想想，你都多大了，是不是也该有点男人样？！"

伟是家中最小的孩子，从小到大，母亲还没有那么骂过他，没有说过那么重的话。父母走后，他真的想了很长时间。

一直想到现在。

伟想明白了，他不能总是让琳等着他长大，也不能总是让琳等着他去爱。

第二天，琳下班回到家，看到伟已经回来了，有些意外。她进到卧室换衣服，一进去就叫了起来。

一个精致的白色圆顶蚊帐，就是外形酷似蒙古包的那一种，张在他们淡绿色的床单上，美得让人心动。

琳欢叫着亲了伟一下，伟竟有些不好意思。

伟很满意琳的惊喜，他想，琳也许就是天生让人宠爱的小女人。

入夜了，琳闭着眼睛，嘴角带着满足的笑容，想象躺在蒙古包中和伟享受着他们的二个世界。

琳觉得胳膊上凉凉的，原来，伟还买了驱蚊花露水，正笨拙地给她涂抹。

琳拥住了伟。

伟抚着琳散乱的头发，轻轻地说："我是太粗糙了，可是琳，我是一直爱着你的。"

有时候，一个男孩变成了男人而不自知。

男孩是一个人玩，男人必须带上一个人。前者可以轻浮，后者则会沉甸甸。不明白这个道理的人，是走不进婚姻之中的。

这是一个美好的结局，更是一个美好的开始。

我们不能以任何借口逃避承担责任，尤其是在家庭中，每个成员的努力都很重要。

一个木讷男人的第一句情话

在婚姻大事上，高芸很有些高不成低不就。她喜欢的人不喜欢她，喜欢她的人呢，她又不喜欢。

后来，她决定和白哥结婚。

在那些喜欢她的人里，比较来比较去，只有白哥各方面综合条件好些。

白哥不是一个有趣的男人。可高芸最后决定选择他，却是因为他的实在。她清楚地知道，除了他，没有人会对她更好。

他们两个，性格差异很大。

高芸是个开朗的人，爱说爱笑的。而白哥很安静，也常笑，但总是微笑，不爱多说什么。她经常抱怨说，他的话全在学校的讲台上讲给学生听了。

他就是那样不爱说话，甚至，他从来没有对她说过一句情话！这让她很郁闷，也很不甘。

尽管高芸能够从他的眼睛里、行动里，看得出来他是珍爱她的，可因为心底里那些渐远还近的遗憾，她总是对他要小性子，发泄对他的那些不满。

白哥总是迁就他，像老师宽容不懂事的学生一样。

慢慢地，她也就没脾气了。

他们的小日子就那样一直过着，虽然不热烈，倒也稳定温馨。

"就这样过到老吧！很多人不都是这样过来的吗？"高芸无奈地想。

可在儿子四岁那年，他们的安稳生活突然生出了变故，高芸突然下岗了。

以前在厂里上班的时候，每天有目的地奔，忙忙活活地，加上每月领到的那份不错的工资，让她自信而快乐。

现在突然无处可去了，一家三口所有的花销，都要从他一个人的工资里扣除，到了月底总是所剩无几。这些都让她的心理极度失衡。

下岗之后她也曾积极出去找工作，可都没有合适的。

高芸的脾气越来越不好，因为失落感，她已经不自信了。而闷在家里的日子越久，她就越没有勇气走出家门了。

白哥陪着，哄着，小心劝导她，要她慢慢来。

他从来不说任何伤害她的话，总是不等她开口，就把发到的工资悉数交到她手上。

甚至，他开始接受家教，想尽量多挣一点钱，来保证家里的正常支出。

高芸觉得经济地位决定政治地位，在她没有了收入来源，只能指望他养着的时候，在虚张声势的外表下，她的内心已经变得自惭形秽起来。

她缩减了家里的开支，除了卫生棉，她不再在自己身上花钱。

凡是能自己动手完成的事，她也决不花钱找人做。

阳台上的纱窗坏掉了，她用了一点点钱买来窗纱，自己动手换了。

抽油烟机的过滤网也是她自己动手清洗的。

甚至，爱美的她再也没给自己添过新衣服。

她手巧地在往年的衣服上动手改造，在胸前打几个褶，给下摆处加一点从旧衣上拆下的花边，就变成了当季流行的款式。

"手好巧的全职主妇啊！"有一天高芸一时兴起，把改造好的衣服上传到了网上，立即引来了很多如此这番的评论。

在她暗自叹息自己已经沦落为一个家庭妇女的时候，儿子的一句话提醒了她。

那天儿子和邻居家的孩子在一起玩时，她嫌太吵说了几句，儿子立即嚷了起来："妈妈，你还是想办法上班去吧，别老在这儿吵我们。"

儿子的话让高芸下定了决心，她重新拿起了书本。

下岗前高芸在厂里一直从事财会工作，虽然有丰富的工作经验，可没有现在人员招聘时必需的证书，她得考个会计师证回来。

高芸又变得忙碌和充实了。

而且她发现，其实时间是完全可以挤出来的，根本不像她以前想象的那样，被家务什么的缠得脱不了身。

那些天除了做一日三餐，她连收拾桌子、洗刷碗筷这样的活儿也不用做了。因为以前白哥吃饭很快，吃了饭就去看报纸、看电视，不知什么时候他添了些臭毛病，总是在吃饭的时候看报纸、看电视。她和儿子都吃完了，他才吃了一点，慢条斯理地说他吃完自己收拾。她也就不再坚持，看书去了。

不久后的一天，白哥心血来潮拿回来几本菜谱，说要学会做菜春节给大家露一手，把她赶出了厨房。

于是从那以后，围裙就转到了他的身上，而且他还乐此不疲。

那些天孩子也凑趣，上幼儿园非要爸爸接送，晚上非要爸爸陪着才肯睡觉。

高芸苦笑着，可能是因为自己心情不好，训斥儿子的时候太多吧，儿子都快不和她亲了。

但不管怎么说，那些天她有了很充分的时间看书学习。

考试那天，高芸早早起了床，拿着书想再看看，却无论如何也看不进去。她知道自己是心里太紧张了。

毕竟从学校毕业以来，她已经很多年没有摸过书本了，不知道自己能不能适应现在的考试。

白哥比她还早起床，已经准备好了丰盛的早餐。

她说吃不下，儿子那天也起得早，非要她吃完再走。

一家三口，安静地吃着饭。

儿子突然问道："爸爸，等妈妈考完试，我是不是就可以和妈妈一起睡了？"高芸怔了怔。

儿子继续问："然后，妈妈是不是就能每天去接我了？我是不是每天就能吃妈妈做的饭了？"

白哥想阻止儿子说下去，可儿子已经转过头来对着她："妈妈，你一定要考上噢！你能讲一路的笑话，我想让你去接我。我也想吃你做的饭，爸爸做饭真的一点都不好吃……"

高芸一下子明白了自己这些天的空闲时间是怎么腾出来的……

吃过饭三人一起出门，因为孩子的幼儿园和她要考试的考点不在一个方向，出门后他和儿子向左走，她向右走。

高芸的心里沉甸甸的，她越发觉得，自己要去参加的考试简直是背水一战了。

她必须考上！

可是，她一定能考上吗？她报的是全科，通过概率是有限的！

可在她步履沉重地向前走时，白哥在身后叫住了她："芸，加油！平常心，考过了最好，考不上我们也要你！"

然后白哥拉着儿子的手一起，慢慢转身走远了。

高芸的眼泪缓缓地流了出来。她站在原地，很长时间都没有挪步，她反复回味着他那句话。那是她听到的，白哥说的第一句情话……

高芸抹了抹湿润的眼睛，朝着考场走去。这一次，她势在必得！

白哥的倾心付出，终于换来高芸的感动。

生活如此实在，那个处处为你着想、把你放在心上的人，才是最值得你爱的。

有一种生活，就叫实在。实在的生活，有甜蜜、有烦恼、有失意，还有忧伤，更多的是平静如水，但却可以细水长流。